終將成為妳 關於佐伯沙彌香 (2)

入間人間
原作、插畫／仲谷鳰

Bloom Into You: Regarding Saeki Sayaka

Kadokawa Fantastic Novels

所以我什麼也不說。
吞下正確答案，
選擇錯誤做法。
這就是我的選擇。
為了待在燈子身邊而選擇的，
終將聯繫到將來的，我的答案。
屆時，我絕對不會忘記
自己選擇了這條路。
我不可以忘記。

Table of contents

Bloom Into You:
Regarding Saeki Sayaka(2)

Presented by
Iruma Hitoma & Nakatani Nio

終將成為妳 關於佐伯沙彌香 (2)

Bloom Into You: Regarding Saeki Sayaka

入間人間

原作、插畫／仲谷 鳰

Kadokawa Fantastic Novels

戀愛與小糸

Bloom Into You:

Regarding Saeki Sayaka

若要說得傲慢一點，現在陪伴在七海燈子身邊的人是我。

裝潢古色古香的這間學生會辦公室，據說原本是書道教室。我因手邊工作告一段落而抬起頭，陳年老木的香氣便竄入鼻腔。我想確認這陣香氣的出處而轉頭，就換成紅茶的香氣撲鼻而來。同樣正在工作的黑髮學姊正一手拿著杯子左右搖晃，從杯子冒出的熱氣搭配灑入室內的陽光，有如淡淡的雲氣般擴散。

而學姊夾雜著像是現在才發現不對般的動作，瞥了我一眼。

「燈子呢？」

向我確認燈子行程的舉止，讓我內心有些欣喜。

「啊，她今天有點事……」

我故意用曖昧的說法帶過，並心想應該就是現在而看向窗戶。彷彿妝點著學生會辦公室，或者說圍繞著學生會辦公室的豐富自然風光，正以陽光打扮著自身。燈子現在正在有如森林的那景色深處，接受同年級的男生告白。不知道是否因為受到建築物與林木包圍的那裡鮮少有人經過，是個理想的場所，所以在這種情況下常會指定要在那裡碰面。

燈子究竟在那裡拒絕了多少人告白呢？

到第十個人為止，我都還有記數。

這次燈子沒來跟我商量，不過所謂八卦就是很容易傳開……也可能單純是我刻意地盡可能想多知道一些與七海燈子有關的事情。

儘管知道燈子不可能接受告白，但我還是多少無法平靜。每當我想起燈子的背影，在她身邊的都是我。我可以很自負地說，這並不只是存在於我的想像之中，實際上也是如此。

我不太想去思考這樣的定位遭到取代的狀況。

我認識燈子已經過了一年，並且自認對她的為人和現況都有一定程度的理解。至少比起其他同年級生，或其他學生會成員都熟知。燈子很出色這點是有目共睹，而能夠涉獵燈子所抱持的軟弱，並稍微與她共享的，我想在學校裡面只有我了。

哎，大多數人都不想讓人知道自己軟弱的一面就是了。

而燈子又有些理由在，就更是這樣。

……與七海燈子相遇後過了一年，我只是愈來愈喜歡她。

而我想不只我，身邊的人也一定都是這樣，因為燈子這個人就是如此有魅力。不僅包括內在，更重要的還有外表。連跟燈子不熟的同年級生都會受到她吸引，我想對她容貌的評價一定是萬人皆認可的真正美女。對她一見傾心的我，絕對不是少數分子。

既然這樣，燈子會以幾乎是定期的頻率接收到他人告白，也是很自然的狀況。

即使如此，我仍無法平靜。

所以當燈子過沒多久便來到學生會辦公室時，我偷偷地放心了。

不過這時有個不同於以往的狀況。

燈子不是一個人。

影子與光線從敞開到足以讓兩人通過的入口伸入。

我試著回想學生會的所有成員，除了會長都在這裡。而那道人影明顯比燈子嬌小，舉止生澀，顯示她是學妹。

站在燈子身邊的那個女生臉孔被炫目的光芒覆蓋，沒辦法立刻看清。

我沒有忘記小學時相遇的那個女孩。

我無法忘記國中時相遇的學姊。

而我確定自己一輩子都不會忘記升上高中之後相遇的七海燈子。

此外，還有一個人。

我想名叫小糸侑的一年級生，是我在高中生涯裡最明確地在意的後輩。

身高略顯嬌小，而她本人似乎也有些在意這一點。明亮髮色與簡單紮著的頭髮很引人注意的那孩子，說是在班導強迫之下才來學生會。儘管她的態度算是逆來順受，但她仍致力於幫助學生會的活動，我認為算是來了一個好後輩。

燈子似乎也很中意她，這讓我有些介意就是。

而我對這樣的她開始抱持單純對學妹之外的關心，是在我們單獨聊天過後。

「小糸學妹。」

前往學生會辦公室途中，我看到她的背影於是出聲喊她。小糸學妹立刻對聲音做出反應回頭並問候我。然後我走到她身邊，她好似為確認狀況而大大回頭。

我也跟著回頭，但走來的路上只能看見略遠處的校舍。

「七海學姊呢？」

「我們也不是一直在一起。」

我邊這麼說，邊稍稍笑了。

「燈子等會兒就來。」

「這樣啊。」

我看小糸學妹垂下肩，表現出稍微安心的態度。她難道不習慣與燈子相處嗎？或者說會覺得有些壓迫呢？我在剛上高中的時候，也會有點抗拒跟學長姊交談，何況若對手是燈子，面對她會緊張或許也是無可奈何。

我用從老師辦公室借用來的鑰匙打開學生會辦公室門之後，小糸學妹嘀咕了：

「對喔，一般都會上鎖嘛。」

似乎因為之前都沒有第一個來過，所以她沒關心過門有沒有上鎖的問題。想想也是，畢竟她還不是正式成員，只是暫時來幫忙的立場，把鑰匙交給她管理或許是有點奇怪。

小糸學妹抬頭看我，低調地笑了。

「還好學姊有來，真是得救了。」

「不客氣。」

與學妹講著話，讓我想起國中的合唱團。

雖然我認為有做好社長的工作，同時也深切感受到我不適合，因為我不具有在團體統領者立場上所需要的能力。雖然都是些抽象的概念，例如讓人想要幫助這個人、讓人覺得跟隨這個人能感受到喜悅一類……我認為我之所以受到燈子吸引的理由，也是在於這個部分。

到了辦公室，我立刻著手整理文件。在這個沒有大型活動要準備的時期並不是太忙碌，但下個月開始可就沒有這麼悠閒了。燈子應該也有注意到這個部分吧。

「對不起，我沒有先問就泡好了，請問學姊要嗎？」

過了一會兒，小糸學妹連我的咖啡都一起泡好了遞給我。

「謝謝。」

接過咖啡後，小糸學妹隔著桌子坐到我對面。雖然她自嘲地說容易受情勢所逼，但似乎覺得被逼著來的這裡待起來挺舒服的。包含窗外可見的許多自然風景，或許是這種跳脫學校框架的感覺讓她覺得平靜吧。

我慎重地喝了冒著熱氣的咖啡一口，舌尖因為熱度而一驚。不過當我慢慢地喝下之後，這股熱氣便化為了溫暖。即使在這春光明媚的季節，造訪體內的熱度還是給我的內心帶來平穩，手臂則因為流經喉嚨的液體溫度差異而稍稍顫了一下。

一年級時是由我負責為學長姊泡茶，有些懷念。

正當我看著黑色液體表面，憶起過往時。

「七海學姊不是會長，對吧？」

「咦？」

因為小糸學妹突然這樣說，我不禁抬起頭。一與小糸學妹對上眼，她便有些慌張地解釋起問題的意圖。

「不，我只是想說好像沒看過真正的會長。」

「啊……說得也是。」

我想起久瀨會長的輕佻笑容與笑聲，確實燈子比他更有會長的樣子。

「他似乎因為參加兩個社團所以很忙。」

「這樣還能當會長嗎？」

「因為去年其他的候選人都太不可靠了。」

還有，在他身邊支持他的人都很勤奮做事。在選舉時身為久瀨會長幫手，到處奔波拜票的七海燈子，給周遭的人留下了深刻印象吧。

「那個人下個月就會任滿，今年的選舉也快要開始了。」

「是喔。」

她的反應看來不是太有興趣。一年級生才剛入學一個月，要求他們馬上對學生會長選舉有興趣似乎是強人所難。我去年也覺得會長是誰都無所謂，但今年不同。

而我這樣的想法像是洩漏出來了般，小糸學妹說出了那個名字。

「七海學姊會出馬競選嗎？」

「會的。」

她為了實現自己的夢想，是無法避開這個門檻的。

而若燈子這樣期望，我就會陪伴在她身旁。

「佐伯學姊也會嗎？」

「我只會協助燈子。」

不是要超前燈子，而是想要站在她身邊，這就是我的願望。

「我想小糸學妹應該也要幫忙。」

但若要說這是否屬於學生會業務範疇，確實有些尷尬。

「啊，有，我有聽老師說過。」

「妳決定好是否要成為學生會成員了嗎？」

說要來參觀兼幫忙的一年級的楨學弟有說想直接成為學生會成員。而且久瀨學長在介紹學弟的時候講起話來雖然得意，但那個人的介紹有時候實在不值得採信，畢竟有所謂物以類聚的問題。

「呃……我有感覺到事情應該會變成這樣的氣氛。」

小糸學妹的說法有些欠缺主觀，或許不太擅長由自己主動決定一些事情吧。但說起來，我覺得擅長自己決定事情的人才是少數。

我也沒自信能說我一路過來都是由自己決定要怎麼做。

然後看到燈子，會覺得即使決定了，也未必是正確答案。

「請問……」

「怎麼了嗎？」

小糸學妹搭話過來，但後續話題卻停了一會兒。她先瞥了窗邊一眼，做出抹了抹被咖啡沾濕的嘴唇般的動作。我心想「她有什麼事呢」而等待著，她才總算又開口。

「七海學姊是個怎樣的人呢？」

從剛剛的話題來看，這個問題感覺有點不協調。這是需要現在重新問清楚的問題嗎？

「正如妳所見。」

我雖然回得不過不失，但也沒有說謊。燈子很聰明、有氣度，正可謂才貌雙全，而且膽小。

她隱瞞著的那些小細節，只要特別注意，是能夠看得出來的。

「小糸學妹覺得她怎樣呢？」

我有些壞心眼地反問。被這樣問到的小糸學妹一臉嚴肅地皺起眉頭，垂眼看向咖啡杯。

「很帥氣、很能幹、長得漂亮，又溫柔。」

「正是如此。」

她接連道出燈子的表面形象，只有最後那個溫柔讓我有點意見就是。與和善待人不同，現在的燈子應該沒有餘力溫柔對待周遭的人。

「如果妳想更詳細地知道她是怎樣的人，何不去問她本人呢？」

當然，我知道這麼做沒有意義。燈子不可能主動表露自己的本質，甚至不願意讓我看見吧。這點讓我有些悔恨。

「唔嗯……」

小糸學妹閉上了眼沉吟。她可能在想些什麼，或者是回想起了些什麼吧。

無論怎麼想，我都覺得燈子只會給出表面性的回覆。

能讓燈子願意表現出自己的對象，一定是對她漠不關心的人。

對燈子不抱持好意，也不會因此失望的人。

像這樣沒有感情起伏的對象，究竟在哪裡呢？

「關於自己的事情，應該有很多是連自己也不清楚的吧。」

小糸學妹臉上帶著苦笑，說出這般像在自言自語的話。

這句自言自語溶解在學生會辦公室的空氣裡，在一片寂靜中，我默默地思索。

真的有自己所不知道的事情嗎？

佐伯沙彌香這個人的不明確部分。動機、夢想、過往，每一項都整理得有條不紊且清楚。我不會再像過去那樣煩惱戀愛到底是什麼，也清楚想要做什麼樣的自己。當我像這樣回顧起自己這個人時，都會不禁想笑。

我並沒有不清楚自己的部分。

這樣一想，自己意外地變成了個單純的人。只留下有興趣的事物，其他則收了起來。

或許是因為現在我絕大多數的心思都被燈子占去了，才會這樣吧。

如果我的心意有朝一日能傳達給燈子，在那之後的我將變成未知數。

沒錯，有朝一日。

而我的高中生活都已經迎接了第二次造訪的春天，這個有朝一日還沒有萌芽的跡象。

咖啡已經少了一半。

或許因為一直沒有人來，所以小糸學妹又找我搭話：

「七海學姊有事嗎？」

「她是這樣說，可能又有人要跟她告白了。」

我開玩笑地回話，不過這可能性挺高的。在來到學生會辦公室的路途上稍微往旁邊轉，就能恰當地偏離往來人影，所以那邊常被選來當作告白的舞台。燈子是常站上那個舞台的紅牌，但演出的角色總是高嶺之花就是了。

「佐伯學姊有被告白過嗎？」

小糸學妹稍稍挺出身子，帶著好奇心問道。

聽到告白二字，我的頭閃過絲絲痛楚。

到了現在，我實在無法認為那是告白。

「也不是沒有。」

進入高中之後，雖然沒有燈子這麼誇張，但也有幾次被告白的經驗。

當然，我是當場拒絕了。

因為對方不是平常就有相處的熟悉對象，現在連名字和長相都記不太清楚。

「啊啊，果然。」

「果然是指？」

「七海學姊雖然也是這樣，但佐伯學姊也是帥氣、能幹，又長得漂亮。」

小糸學妹一開始說得有些興起，但後來可能是因為當著本人的面說這些，漸漸變得害羞而安分了起來，別開目光想要矇混過去。

「妳不說我溫柔嗎？」

我順著她方才說過的內容故意鬧她，小糸學妹仍舊看著旁邊。

「對不起。」

「鬧妳的。」

反正我也不溫柔。如果她真的這樣說，我只會回她說沒有眼光。
小糸學妹先喝了一口咖啡後呼了一口氣，目光轉向這邊。
「……被告白的時候是怎樣的心情？」
我心想：妳還想繼續下去啊。原來她意外地在意戀愛話題。
想到這裡，我重新認定也沒什麼好意外的。畢竟我並沒有那麼熟悉小糸學妹，她屬於我還無法判斷究竟是意外還是一般的學妹。
「很困擾。」
「困擾嗎？」
「因為要想怎麼拒絕才能盡量不要傷害對方。」
我自身的經驗讓我會採取這樣的態度。
小糸學妹輕輕笑了。
「學姊真溫柔。」
「我只是尊重而已。」
尊重那會喜歡上一個人的情感，因為這是隨時驅策著我的情感。而我也知道抱持這樣的情感會有多麼不安、多麼痛苦。

所以我無法冷淡待之。即使無法接受，也會採取不要傷害對方心情的做法來回覆。

「學姊有喜歡的對象嗎？」

「不告訴妳。」

儘管這樣說就等於承認有了，但我還是故意不明說。

「妳有嗎？喜歡的對象。」

我心想她應該會跟我一樣帶過話題而這麼問，但小糸學妹緊抿著唇。

那嘴唇先不滿地噘了起來，才張開。

「沒有。」

她毫不猶豫地以沙啞的聲音回答。

「這樣啊。」

不知道她本人對於回答「沒有」時的表情有沒有自覺呢？

那像是被丟到陌生土地，想要求助什麼般的眼神，究竟是什麼呢？

對於沒有喜歡對象而有所不滿，這樣的感想讓我覺得新奇。
因為發生了這些事，所以這時候我只是覺得她是一個有趣的學妹。
但不用花多少時間，我的看法就大大地改變了。
從燈子選擇了她的那天開始。
是下個月學生會選舉的事情。
「我需要一位推薦負責人，跟我一起進行競選活動。」
那一天，久瀨學長結束了學生會長的職責，進行交接。
交接時有提到下一場學生會選舉的事情，正好是我打算提起競選活動的時候。
「可以拜託小糸學妹擔任嗎？」
燈子的聲音輕盈，不帶一絲盤算。
是種讓人甚至覺得明亮的聲音。
我想，比起被這樣問的小糸學妹，我應該更吃驚。
感覺好像燈子突然很熟練地說出我聽不懂的語言一般……就像是這樣的出人意表方式。燈子沒有看我，她只是直直地凝視小糸學妹。

現在站在燈子身邊的人不是我。

在我身邊的楨學弟和前會長的聲音都無法進入我耳中。

我從以前，就很不擅長應對出乎意料的狀況。

只要能夠克服這點，我想我應該屬於理解力好的那一類。

不過所謂的聰明，就表示必須要能理解現實。

無論好壞，人都會習慣環境。我或許是太甘於待在燈子身邊了。

我是否缺少了什麼，以致於燈子沒有選擇我？

是我忽忽了什麼嗎？

……或者……

有所改變的是燈子嗎？

我能自負比任何人都關注燈子，所以心裡強烈地說著我不可能漏看她的這般變化。

即使沒有立刻察覺，只要給我時間，我一定能看出。

既然做不到，那就是很快發生的事情。

最近、沒多久前，如果有什麼讓燈子改變——

我以難以聚焦的目光，看向離我有些距離的燈子和小糸學妹。

小糸學妹依然無法回話，只是評斷似的凝視燈子。

「原來這裡是小糸學妹家？」

放學後，我在繞路過去看看的書店裡面遇見意外的臉孔。

正式成為學生會成員的學妹，正坐在櫃檯裡。

「竟然還穿著制服，真辛苦。」

「一回家就被強迫看店啊。」

小糸學妹苦笑，然後才拿出店員的樣子說「請您慢看」。

我離開櫃檯前，逛著擺放新書的區域，並偶爾瞥向小糸學妹。她跟在學生會辦公室時一樣，老實地乖乖坐著，看她這樣靜靜坐著，給人還留有幾分幼小的印象。

看起來要她支持一個人應該會有些辛苦……帶著一定的不成熟。

這就是所謂的嫉妒嗎？

學生會選舉順利結束，燈子當上會長，我則成為副會長。雖然我也有出面協助，但我覺得小糸學妹做得很好，支援演說也講得相當不錯。

「…………………………」

我想，若由我來擔任推薦負責人，應該也是同樣結果。

不過燈子選擇了小糸學妹。

當然，這是燈子的自由，想要她按照我所期待的去做未免太不識好歹。

即使我能理解，有些事情仍不能接受。

燈子跟我說了很多她選擇小糸學妹的理由，每一個聽起來都非常合理，聽起來像是深思熟慮過後才這麼決定。因為她是刻意要讓我聽起來有這種感覺，所以想好怎麼說的。

燈子會這麼顧慮我，是因為她有想要隱瞞的真心。

不是我，而選擇了小糸學妹的真正理由。

我心想：該不會吧。

只不過即使我這樣觀察小糸學妹，也找不出燈子這麼中意她的理由。

在燈子的眼中，究竟是怎麼看待她的呢？
如果只是當成可愛的學妹歡迎，那是還好。
不過呢，我環顧小小的書店內。
人與人之間的緣分真的是意想不到。
小糸學妹應該不記得了，但我沒有忘記。我記得很清楚，自己為了購買林鍊磨的著作而造訪這家書店那天的事，當時看到的國中生，就是小糸學妹。
比起那時，她是不是沒怎麼長高？我在內心有些失禮地比較了一下。
我覺得儘管我長高了，但內心似乎沒怎麼改變。
喜歡上某人，因此雀躍、因此騷動不安……我老是這樣。
頂多就是會購買的書籍改變了。我不再配合他人，而會選擇自己想買的書。
……不，在當時，配合學姊也確實是我自己的選擇。
當下的心情都是真的，不過學姊怎麼樣很值得懷疑就是。
「可以麻煩一下嗎？」
我在櫃檯遞出書本，原本發著呆的小糸學妹端正姿勢。

「謝謝惠顧。」

小糸學妹一副覺得有些稀奇的表情看著書本封面。

「評論書啊。」

「我沒有那麼喜歡創作。」

我想起以前說過的謊話，那樣的謊有讓誰幸福了嗎？

「書店的小孩都看些什麼書呢？」

「呃，我喜歡推理小說和科幻類的。」

推理小說啊……我想起自家書櫃的角落。

「燈子也偶爾會來吧？」

「咦？」

可能這個話題有些意外，小糸學妹登時僵住了。

「對，偶爾。」

小糸學妹邊回答邊幫我結帳，從她手邊的動作能感受到一些空檔。

該說聲音裡沒有伴隨想法呢……或者該說為了不被察覺而隱瞞了些什麼。

「燈子喜歡怎樣的書？」

我打探似的提問，小糸學妹能察覺我的意圖到什麼程度呢？

「這個嘛，參考書籍……還有滿常購買當下流行的文庫。」

「哦……」

這些都是我問之前就知道的情報，即使如此，我還是忍不住把話題丟給小糸學妹。

我跟小糸學妹兩個人相處的時候，比起聊彼此的事情，更多時候都在聊燈子。是因為我和小糸學妹的交集在燈子身上嗎？目前來看，或許是這樣和不是這樣的可能性各占一半。

我支付了書本的費用接過紙袋。先將之收進書包之後，才轉身背對小糸學妹。

「明天見。」

「好的……」

彼此都只打過表面上的招呼後道別。

前往書店入口的途中，我將塞滿了不甚大書店內的、紙張所帶來的乾燥氣味吸入胸口。

走出書店，開始西下的斜陽迎接了我。斜斜照射下來的日光很是柔和，我與城鎮的屋頂一同受到夕陽照耀，才感受到一股遲來的自我厭惡。我到底是在對學妹做些什麼啊？

我像是要隱瞞自己變成一個壞心眼的學姊般加快腳步。

在黃昏的催促之下，情緒為何變得更急躁了呢？

回到家，踏進房間之後，取出購買的書籍。拆開包裝，直接拿著走向書櫃。

那些並非我喜好的小說留在書櫃角落，我將手指放上這些書本的書背，原本打算抽出，最終仍是作罷。既然已經收進書櫃了，我也沒興致重看一遍。我真的不喜歡創作。

而這樣的我竟然願意協助話劇演出，或許真的跟國中時沒什麼變。

為了喜歡的對象粉身碎骨，如同字面所述地研磨、消滅自己。

但我想不到其他可以為那個對象……為燈子所做的事情。

「……這是騙人的。」

我當然可以做些什麼，只是我沒有要做。

我坐在床鋪角落，垂眼看著還沒更換下來的制服。

雖然燈子也是如此，但我最近也比較靜不下心。有種一回神好像自己一個人站在未知場所的感覺，因而焦躁。

小糸侑，那孩子身上一定有什麼祕密。

我有預感，這對燈子來說一定是很重要的關鍵；對我來說，很可能變成動搖我立足基礎的原因……湧現的情緒讓我明確地有這般誇張的感覺。

我不確定燈子有無自覺，但我在她身旁看著她的時間比任何人都久，所以我知道。

七海燈子身上出現了將會改變的跡象。

雖說這樣的跡象還很微小、隱諱。

一度產生的變化浪潮，將會漸漸加速，愈演愈烈。

雖說變化不一定會帶來良好結果，但跟我相遇過了一年也沒有改變的燈子，將要改變了。

「……………………………………………………………」

讓她改變的，應當就是小糸學妹這個存在。

燈子在小糸學妹身上看見了什麼呢？

希望不要發生的想象接連閃過腦海。雖然我覺得既然是燈子就不太可能，但我該以什麼樣的態度，面對產生了不斷指向這般可能性變化的狀況呢？

我不認為燈子保持那樣就好。

但我害怕的，是我不知道能不能繼續待在不再拘泥於那些的燈子身邊。

我一邊希望著燈子有朝一日會改變，卻沒有勇氣迎接那個有朝一日，選擇只是默默待在她身邊。這就是我所能做到的一切。

理解力好，代表變得膽小。

我邊反芻著過去祖母曾說過的話，大大地張開舉起的手掌。

對於自己，我並沒有不理解之處。

甚至只要看一看，就能知道自己的極限在哪裡。

然後，在夏天快要到來的時候，某天燈子唐突地直接喊了她的名字。
在學生會很平常地辦公時，這段插曲很自然地上演了。
燈子簡短地喊著「侑」的聲音，彷彿貫穿一般進入耳裡。
我的背後汗水直流。
我想起一年級的時候，我鼓起勇氣用名字稱呼燈子的事。
有如跟當時在心中湧現的、彷彿看見金色的喜悅無關，兩人之間非常平淡地繼續對話。「她們幾時？」和「這怎麼回事？」交互原地踏步。
「我想說差不多可以再親和一點啦？」
被成員堂島學弟指摘，燈子這麼回答。
愛果跟小綠也都是用名字來稱呼燈子。
所以真的沒什麼大不了。
或許如此。
「……那我也用名字稱呼小糸學妹好了。」

我鬧脾氣似的如此提案。

反正燈子說直呼名字沒什麼大不了嘛。

燈子在一旁是怎樣的表情呢？我害怕看她，視野變得狹窄。

「好的，請便……」

可能因為事出突然，小糸學妹愣了一下。

面對她這樣的反應，我焦躁的心平靜下來。讓我重新思考。

不是這樣吧。

我撤回前言，努力佯裝平靜，緩緩深呼吸。接著深深潛下。

雖然對於自己，我沒有任何不理解之處；但對於周遭，我不甚理解的事物增加了。

一開始看起來只覺得很勤勞的學妹，變成像是泥沼的神祕存在。

當時覺得那之後還發生了很多事，暫時維持現狀就好。

但同時也覺得這個現狀應該維持不了太久。

能感受到這樣的氣息。

回想起來，其實無法太明確想起那是什麼時候的事。
說不定我們其實根本沒有交談過，也有可能根本是發生在夢境之中的事。
總之，那裡有我和小糸學妹。
地點是學生會辦公室。一旦想起學校的回憶，一定會連結到這裡。當下只有我倆，我一如往常地坐著處理雜務，小糸學妹則幫忙泡了茶。
「謝謝。」
我道了謝，接過茶，並沒有立刻就口，像是要支撐那股熱氣般捧著它，小糸學妹在我對面坐下。她則是馬上就啜了一口茶，輕輕嘆息。
「當學妹的也真是辛苦呢。」
「學姊去年不也是學妹嗎？」
聽我用一副當了好幾年學姊的態度這麼說，小糸學妹不禁笑了。確實，甚至該說上高中之後，我當學妹的時間還比較長一點，實際的感受卻已淡薄了許多。或許因為比起一年級時期，二年級的時間更加充實吧。

所謂的充實，代表豐富、滿足，但也不完全都是積極正向。

消極的情緒、喪失事物的失落感，也屬於豐富的一環。

與小糸學妹相遇，我所接收到的絕對不全是正向的。

我發現這樣的學妹稍稍垂著頭，氣氛沉鬱。

「怎麼了嗎？」

這孩子也跟以前的燈子一樣……或許想要隱藏自己的軟弱是人在心態上理所當然的作為。不會將自己覺得軟弱的部分表現出來。

所以即使我問了，小糸學妹也只是微微一笑說「不，沒什麼」。

如果是以往的我，或許只會回一句「這樣啊」就帶過這個話題，不會再多說什麼。不過這時候，雖然我不確定究竟是什麼時機，但我覺得不可以逃避眼前這個狀況。燈子和小糸學妹都已經採取行動，或許在不知不覺之間認為已經盡可能地填補了彼此之間的距離。

而且更重要的，現在的我是學姊。

「跟燈子有關嗎？」

小糸學妹會煩惱的事情，我只猜得到這樣。

而且——

我已經多少可以看出小糸學妹是怎樣看待燈子的了。

因為她是跟我抱持同樣想法的人。

如果可以在人群之中發現自己的背影，一定能立刻判別吧。人雖然看似看不清自身，其實都非常地關注。

看著別人的時候，會以自己為基準加以比較。

所以，每個人都很熟悉自己的外觀。

小糸學妹沒有回答。我凝視著她陰沉憂愁的嘴唇尖端，說道：

「喜歡一個人是沒問題，問題在於與對方之間的距離呢。」

有些唐突、茫然地說出這番話。

「距離？」

我頷首回應小糸學妹的反問。

「有時候會因為彼此之間有距離，而使對方看起來非常有魅力。」

就因為在這樣的距離、這個角度看著對方，才會符合自己的喜好……也是有這種狀況。

「如果想要縮短與對方的距離而向前……這麼一來，就會變成由至今從未體驗過的角度看待對方。背景也會改變，同時將會看到對方之前隱藏起來的部分。原本覺得喜歡的部分，看起來也可能完全是另一種形狀。」

以前我也對燈子抱持過這般懷疑，不過一切都是杞人憂天。

對我來說，無論從什麼角度，燈子都是如此美麗。

我彷彿要確認這件事般在心裡嘀咕，並因此稍稍滿足。

心中產生的美，無論發生什麼事情都不至於折損。

「不過呢，我後來才總算知道像這樣稍稍改變距離……因此失去最初觀感這部分，放在對方身上也是一樣的。」

以對方的立場而言，位置一旦改變，看待己方的態度也會跟著改變。

所以對方也會因此抱持好意、失去興趣……有所改變。

我因為自顧不暇的關係，所以無法注意到這些部分。

「我想，都有很多狀況的。對方會變、我們也會變。事情只是這樣，而我也覺得這樣就好了。」

有可能因無法配合彼此變化而別離。

有朝一日可能會發生同樣的狀況。

但也不可能因此萬年不變，必須俯瞰包含自己在內的整體。

不僅看清，更要行動。

我後來終於明白的，就是這麼簡單的事。

不過我也覺得自己稍嫌慢了一些，才能像這樣接受這一點。

抗拒變化，一直陪伴她原地踏步。

就在我這麼做的時候，她為了追上從一旁超過的女孩而邁出腳步。

人與人之間的願望很難得一致。

我雖然希望待在她身邊，但她並不想要待在我身邊。

當結束原地踏步，抬起頭的時候，她們已經到了非常遠的地方。

甚至難以追上的程度，簡直就像在仰望星空。

不過，這也是無可奈何。

沒有對錯，一切都是我的選擇。

也沒有人能代替我後悔。

如果有所悔恨，那麼我只能因自己的選擇悲傷、接受它，並邁步向前。

既然無法改變，就只能茫然地看著遠處。

只要還能夠看見美麗的事物。

「若妳不介意，請跟她一起改變吧。」

若燈子期望如此。

我沒有說得很白，繞了點圈子。我並不清楚自己想明確地表達到什麼程度。

不過要是全部說出來，一定會變得很沒情調。

我們正共享著這樣的情緒。

內心不能只透過聲音或文字，必須以全身來感受。

「好的。」

儘管學妹的聲音和態度仍不甚開朗，仍稍微但明確地點頭。
我無法直視她的身影，不禁當起了小丑。
「唔～嗯……」
「什麼事？」
「我想說小糸學妹是這麼老實的學妹嗎？」
「這什麼意思啊，沒禮貌耶……」
小糸學妹不上不下地捧著茶杯，抬眼窺視著我。
「我想我一直都很老實地跟佐伯學姊應答耶。」
「是啊。」
比起應對燈子時老實好幾倍，也隨便得多。
理由很簡單。
「因為某種程度上，我對妳來說並不重要啊。」
因為不需要表現自己更好的一面，所以說出的話和態度就會變得隨性。
我直截了當地這麼說，小糸學妹傻眼地瞇細了眼。

「哎，說穿了確實是這樣吧……」

小糸學妹似乎也放棄修飾，儘管語尾有些無力，仍承認了。

「佐伯學姊說話真直接……」

「對妳是這樣。」

家人、才藝班老師，還有燈子，我對很多人說話都很懂修飾。

不過對象是小糸學妹時，就覺得有些麻煩而會省略這過程。

她可能就是有著這種鏡子般的一面。

許多人都喜歡小糸學妹的原因之一，雖然很難言喻，卻能透過皮膚和氣氛感受。

「這樣的對象也是很重要的，如果不管做什麼都要顧好表面很累啊。」

「……也是。」

學妹笑了，她一笑看起來又有點年幼，有種自然可愛的感覺。

小糸學妹似乎也認同我是這樣的對象了。

這麼一來，雖說並非至今從未有這種感覺。

但有種……交到朋友了的實際感受。

「……………………………………」

是今後，或者至今。無論是哪一種，在茶杯中稍稍蕩漾的水面永遠不會得出答案。

或者，在這之中的某個時機。

在某個時機開始感覺到的預感有一天將會成形，化為現實。

燈子會漸漸改變。

透過她想要實現的，由學生會上演話劇的準備工作，重新審視平時她所扮演的自己。

如同小糸學妹所願，產生了變化。

在我所不知的場合，我也不知道她和小糸學妹之間發生了什麼事。

不過燈子確實變得軟弱了……儘管說起來有些語病，但我仍這麼認為。

她不再對他人隱藏自己的軟弱，就像原本解離的心態合而為一了那樣。

相對的，彷彿失去了什麼般垂首的時間增加了。

我大致知道，燈子失去了什麼。

燈子和小糸學妹。

儘管知道，但我不想直到最後仍什麼也不做，然後結束。

她過去曾說過，跟我在一起，能更接近理想中的自己。

有站在自己身邊，或者追著自己背影的佐伯沙彌香在，就能夠更加努力。

這番話讓我很高興。只要她有這樣的想法，我就能夠維持現狀。

不過。

若燈子的理想改變了，我——

喝下一口變涼的茶，有些老舊的窗戶搖晃著。

冷風不知從何處吹入，我隔著衣服撫摸手肘。

正當我想望向窗外，以確定究竟是季節更迭，或是時間推進時，景色與記憶有如溺水般沒入光之海中。

就這樣。

在秋季的教育旅行途中，我等待已久的「有朝一日」造訪了。

面對「有朝一日」，燈子就在視線前方。

她從正面看著我，有些難過地想要垂眼。

「燈子。」

「不可以喔，沙彌香。」

燈子的聲音軟弱地否定。她說，我不是妳所期待的那種人。

這件事我早就知道了。

不過現在的燈子不需要我的期望，仍非常優秀、美麗。

至今為止，是受到小糸學妹帶來的變化所引導。

但是從現在起，我要行動。

我現在要踏進真正的燈子身邊。

「我喜歡妳。」

升上高中，我決定這次真的不要再重蹈覆轍了。

既然知道自己為什麼失敗，我認為之後就不會再發生同樣的狀況。

我覺得，我似乎完全明白了，什麼是所謂的喜歡上一個人。

因為與「她」相遇，我才真正明白那是什麼。

平行線

Bloom Into You:

Regarding Saeki Sayaka

所謂沒有人不曾失敗，這是真的嗎？

在近距離下觀察七海燈子，便能發現她真的不會失敗。尤其是外表，甚至好看到讓我覺得怎麼會這麼漂亮。或許是我理想中的長相，所以只要我一大意，就會不禁這樣一直欣賞。

在被對方察覺視線之前，低下頭面向桌子。

我在上課時間做什麼啊。

高中入學典禮之後隔天，我便無比歡喜，知道春天的活力已經滲透內心，溫暖而清香。我的內心積極向前到甚至產生了這般錯覺。

七海燈子——擁有會因為光線影響而看起來帶著些藍的美麗黑髮與眼眸。注意到那擁有只看一眼便會植入內心中央的容貌的人，相信不只我一個。

我認為在剛開始的新生活與她同班，是很幸運的事。

放學後，那位七海燈子來到我的座位旁。

「事不宜遲，我們去看看吧。」

因為沒有前置，我差點脫口問「要去哪裡」，不過這時心裡出現了答案。

「學生會？」

「對，妳有其他安排嗎？」

我心想妳問事情的順序是不是反了？不過我也沒有理由拒絕七海燈子的邀約。

「好啊。」

準備收拾東西回家的手有些焦急。

七海燈子打算加入學生會，而我也受到她邀約。

邀我的理由，似乎是因為看起來正經八百。

我收好東西，兩人一起離開教室，位在日照陰影下的走廊空氣有些寒冷。好了，我們該往上，還是往下呢。

「學生會辦公室在幾樓？」

「據說不在這邊的校舍。」

七海燈子邊說明邊往樓梯過去，我因為沒有掌握現況，只能乖乖跟著她走。

站在七海燈子身邊，我甚至顧慮到會緊張地縮起肩膀。

在鞋櫃換穿鞋子之後走出校舍。從她剛剛的說法，我原以為她要走去另一棟校舍，但她卻一轉身往反方向過去。七海燈子走過去的方向延續著散步小道般的景色，林木之間有著未經鋪設的小路。這些路通往接鄰的小高山方向，充滿著自然風光。我環顧左右，確認現況。

「我們是要去學生會辦公室吧？」

「對，聽說在比較偏僻的地方。」

「這樣啊……」

本校的學生會似乎有點特殊，這樣要去教師辦公室跑文件的時候不是很不方便嗎？

我們走在有如沿著校舍延伸的小路上，正好像是繞到校舍後方那樣。人聲減少，蒼翠的景色加深，強化了我的既視感。我想說好像在哪裡看過類似的景象，才想到是非常貼近我的場所。

「感覺好像我家的庭院。」

我邊走邊評價這景象，然後才心想不妙。七海燈子睜圓了眼睛看過來，然後先環顧了周圍的景色一圈，才又看著我。

「佐伯同學家很有錢？」

七海燈子帶著興致勃勃的眼光詢問，究竟是什麼讓她這麼有興趣啊。

有錢人家嗎……

「嗯，我想是吧。」

「咦，難道被人問起會有些困擾？」

因為我的反應不太好，才讓七海燈子這樣認為。

「這該算困擾嗎……是指哪方面的困擾？」

我無法好好說明而變成了反問，七海燈子帶著陽光般的閃耀說道：

「例如不能聲張的工作。」

「會是怎樣的工作啊……」

意外地孩子氣的發想讓我不禁笑了。七海燈子或許因為我笑了，而有些不好意思地別開了目光。我們就這樣走了一陣子，我在腦中整理話題。

「我們家有寬廣的庭院，也有僱用幫傭。」

「哇啊。」

「養了兩隻貓。」

「真好。」

「不過這一切都不是靠我自己努力得來的，所以我不想說得太囂張。」

「唔嗯。」

因為不是自己打造的，所以不能算在自己的參數裡面，我也覺得自己因此被稱讚不對。我覺得像這種自我堅持的部分，會給情緒造成陰影。

不過，七海燈子似乎不這麼認為。

「富有也是透過努力才能得到，既然家裡很有錢，就代表妳家的某個人非常努力對吧？我認為這很值得驕傲。」

這回換成我沉吟了。

有點佩服她居然有這樣的觀點。

「妳很喜歡妳的家人呢。」

我對從她的說法中聽到的感覺給予評價，只見七海燈子瞬間僵了一下。

「嗯，跟一般人差不多吧。」

七海燈子邊回答邊浮現的表面笑容，讓我有些在意。

……不對。

七海燈子身上完全沒有我不在意的事。

我覺得很像是彼此都稍進一步，並且不小心觸及一般。然後，在看到學生會辦公室前，我們彼此都不發一語，只有小小的腳步聲在林木間迴盪。我在這之中瞥了七海燈子的側臉，坦率地覺得真是漂亮，也因為她沒有跟我對到眼而安心。

後來，我們接近山麓，那幢建築物隨著愈發顯著的周圍自然景象映入眼簾。在和風屋頂與山杜鵑迎接下的大門旁，掛著一塊寫有學生會辦公室的小小門牌。

在來到這裡的途中，能看到辦公室後面似乎放有一張長椅。

包含寂靜的氣氛在內，這棟建築就像建設在森林深處的小屋那樣。

「這棟建築看起來有些年份了。」

建築有著直線型的單純構造，而且都這個年代了還是木造牆壁，感覺一推就會誇。

「我聽說原本是書道社的教室。」

「喔……」

當年上書法課的回憶湧現，模仿老師的手勾勒出毛筆字，就會被稱讚。

可以說這算是我擅長的部分。

「感覺應該滿多蟲子。」

附近開滿各色花朵，又是綠意盎然，自然會聯想到這個部分。

「妳討厭蟲子？」

「我不認為真的有人喜歡蟲子吧。」

「我同意。」

七海燈子苦笑。原來她也討厭啊，感覺看到了七海燈子有人情味的一面。

其他部分則是在好的方向太異於常人了。

「打擾了。」

七海燈子優先入內，我也同樣說了「打擾」之後，跟在她後面。

室內也顯得古色古香。房間中央擺了長桌，乾燥木頭的香氣從地板飄上來，左右牆壁分別開有一扇大窗，充分引入了日光照耀。

裡頭有兩位男生、一位女生圍著長桌而坐，我想他們應該都是學長姊。

「我們來申請加入學生會。」

「加入？不是參觀？」

從頭髮略短的女生胸前的緞帶來看，果然是學姊的她睜圓了眼。

「我是這樣打算。」

「來了個有動力的學妹啦～哎，總之先到那邊坐吧。」

坐在中央的男生用手示意對面的座位讓我們坐下。在他對面，髮色明亮的男生挪動了椅子，騰出空間給我們坐。

「不好意思。」

「別客氣。」

他親切地笑了笑，並跟其他學長姊坐在一起。三位學長姊和我們兩人面對面，感覺好像面試。不，實際上就是面試吧。

「我是久瀨，二年級。」

中間的男生自我介紹。

「然後這邊這個是二年級，那邊那個也是。」

並順勢介紹了另外兩人。基於這樣統一說明的方式，他似乎也預料到會產生想知道三年級生狀況的疑問，於是接著說明：

「進入新年度後，三年級幾乎都處於引退狀態，畢竟五月就要選舉了。」

「學生會選舉？」

「對。」

我想說，真快。一年級雖然也可以投票，但應該會在還不熟悉學校的狀況下進行吧。

「這邊這個學長則是沒有要引退，卻幾乎不見人影。」

黑髮學姊插嘴，久瀨學長則一副不好意思的態度歪了歪嘴角。

「幹嘛這樣說，啊……雖然是事實就是了。」

久瀨學長無力地同意，黑髮學姊邊笑邊起身。

「畢竟我同時參加了劍道社嘛，那邊又比較忙。」

「而且這款的還想說要當學生會長呢。」

學姊邊這樣說明，拿了兩個咖啡杯來，分別放在了我和燈子面前。注滿裡面的液體熱氣與香氣撲鼻而來。

「不好意思，讓學姊準備這個。」

「別在意，要是有可愛的學妹加入我也很開心啊。」

「謝謝妳。」

接下杯子之後，七海燈子像是捧住一般拿著杯子，然後問道：

「學長能當上學生會長嗎？」

「要看其他候選人的狀況，如果都是些不是太有動力的對手就有機會。」

久瀨學長彷彿期望般笑著說。雖然我是這樣，但七海燈子也瞇細了眼睛。

「只不過我們學校有熱心舉辦活動的傾向，今年應該也會挺辛苦的。」

「原來如此，活動啊……」

七海燈子的反應感覺意有所指。我有點介意，心想她是不是在意哪些部分而凝視著她。七海燈子察覺了我的目光之後先曖昧地笑了笑，將杯子就口。

「我忘了問，妳們需要砂糖或奶球嗎？」

被學姊這麼問，七海燈子先是思索一下之後。

「麻煩給我兩個奶球。」

我想說我要記住七海燈子提出的要求。若今後加入學生會，這個情報應該會有很多派上用場的機會。然後，學姊看向了我。

「那邊那個。」「我是佐伯。」「佐伯學妹呢？」「我這樣就好。」

無糖咖啡我比較能夠平靜地喝。

「所以我們也可以認為佐伯學妹同樣希望加入嗎？」

我回覆之前先瞥了七海燈子一眼，看到她微微點個頭，我也下定了決心。

「是的。」

「竟然一口氣增加了兩個人，真是太有幫助了。」

看到久瀨學長開心表示可以輕鬆點，我於是暗中決定不要投給這個人。

「如果其他人變得輕鬆，我也可以少點煩惱對吧？所以我也得救了。」

「……嗯，總之先不管這個。」

學姊如此帶過，而另外一個學長只是默默地看著他們這樣互動。

「基本上每天放學後都有學生會活動，如果沒有其他事情，就麻煩妳們來了。」

「好的。啊，不過，如果當天我要上才藝，可能就沒辦法留得太晚。」

「妳有學什麼？」

提出問題的不是學姊，而是隔壁的七海燈子。

「插花。」

「喔喔～」

不知為何七海燈子低調地拍起手，難道是如同她的印象嗎？

「之前學的才藝更多呢。」

鋼琴、書法和游泳。

但這三樣都沒有持續到能算是學得很徹底，除了才藝之外的事情也都在不上不下的狀況下告終。

我在不被發現的情況下瞥了七海燈子一眼，心想這次能不能撐到最後。
七海燈子拎著奶球，也沒打開，顧著觀望學生會辦公室。她好像想要找出什麼一般，目光不帶任何感動地掃過天花板和地板。
七海燈子究竟是怎麼看待學生會？
是因為有事情想做？還是學生會本身對她來說有所意義？
我對七海燈子的了解還不算多。
所以才會覺得她看起來完美吧。
……既然如此。
我不要知道那麼多，才會覺得七海燈子看起來美麗嗎？

拜訪完學生會之後，我又跟七海燈子一同走到正門。
「還沒習慣之前感覺很容易迷路。」
我這麼嘀咕，七海燈子回頭一看說「確實是」。

「如果我迷路了，我會聯絡妳，記得來救我喔。」

聽到她這樣說笑，我像鬆了口氣一樣笑了。

「很遺憾，我不接不知道的號碼來電。」

「啊，對喔，我們還沒交換電話號碼呢。」

七海燈子取出手機給我看，我也有些慌張地從書包取出手機。

在枝枒間灑落的淡淡日光之下，我們的手指和聲音與隨著清風搖曳的影子一同交錯。

七海燈子微笑著展現記錄在通訊錄裡的號碼給我看。

「這下就是妳知道的號碼了。」

「我一定會去救妳。」

一定會跑過去救妳。屆時希望不會被她發現我正氣喘吁吁。

來到正門，結束社團活動的學生們聲音熱鬧滾滾。汽車穿過這些聲音之間，人影像要濡濕地面般擴展，而我和七海燈子也加入在這些影子之中。

她的頭部形成的尖銳影子，與長髮一同不可靠地晃動。

「佐伯同學家是？」

她的手指向左右，詢問我在哪一邊。我彷彿要與她同步般同時指出。

彼此的食指朝著相反方向。

「反方向呢。」

「是啊。」

可惜。

我們道別後踏上歸途。我花了一點時間，才讓腳步聲壓過心跳聲。

國中時是搭電車通學，而我對雙親說謊表示討厭搭電車。不過當我換成徒步通學後比想像中還輕鬆，心想也不完全真的是謊話吧。

我拿出手機確認現在時刻，凝視著變成一片黑的畫面。

在那之後，那個人就從未打給我過。老實說，我因此而安心了。

回到家中，眼前是學生會辦公室無法比擬的豪華大門與圍牆，不知道七海燈子看到這個會作何反應。或者說回顧她的反應，會發現她看見貓的時候更加興奮一類。我聽見貓咪叫聲，於是看了看門柱後方。

玳瑁貓像是背負著影子般縮在那裡，發現我之後與我對上眼。

「我回來了。」

問候了牠之後，牠緩緩地站起身子往庭院過去。家裡雖然有兩隻貓，但我很少看到牠們一起行動，感覺像是不起爭執、互不干涉地過著各自的生活。共通點只有跟負責照顧牠們的祖父母都很親近。

我稍稍追著貓咪而去，發現了祖母。祖母所佇立的林木之下散發著閑散的氣息，有些與通往學生會辦公室重疊的感覺。

「我回來了。」

「嗯。」

我出聲問候，祖母簡短地點點頭，接著彎身抱起靠過去的貓咪，一開始有些搖晃。祖母原本是個背總是挺得很直，姿勢端正的人，但最近偶爾會看到她這樣顯現老態的感覺。

不過聲音與態度的俐落依然健在。

「學校有趣嗎？」

「咦？」

也沒好好問候就被這樣說中，害我有些丟臉地心想我是不是表現在臉上了。

不過祖母看的點不同。

「妳的舉止看起來像是這樣。」

「舉止……」

我沒有針對自己的臉，而是確認起手肘和膝蓋。

「我是指妳的動作充滿活力。」

祖母只說了這些，也沒有做出好壞的評語，就這樣跟著貓一起離開了。

我邊嘀咕著「活力」邊上下揮動手臂，不覺得動作有特別俐落。

「我應該平時都會表現得很有活力啊。」

祖母的形容方式很獨特，有時難以理解。但我相信既然祖母都這麼說了，一定就是有這一面吧。或許從旁來看也可以明確得知，我與七海燈子的相遇將會帶來良性刺激。我心想，這個部分不要被七海燈子看破就好了。

我想，這股活力應該暫時會投注在學生會上吧。

直到知道七海燈子想在學生會追求什麼為止，我已經決定了自己前進的方向。

一星期過去，班級裡也大致分出了幾個小團體。

所謂合得來的對象會彼此吸引吧，總之我也變成會跟兩個朋友一起吃午餐了。

目前班上的座位是照發音順序排列，我們的位置離得並不近，想來也是挺神奇。

「哇啊，昨晚的剩菜裝得好整齊喔。」

「不覺得蒟蒻有點多嗎？」

「我家人都不太喜歡蒟蒻啊～大家都會剩。」

「那為什麼晚餐要弄蒟蒻啊……」

朋友有人嘆息有人傻眼，相處非常融洽。

她們是吉田愛果與五十嵐綠。吉田同學就是便當裡很多蒟蒻的人，五十嵐同學是另一個。

吉田同學個性開朗，或者說……她說話讓人感覺似乎不經大腦，純靠氣勢的言行舉止挺引人耳目；而五十嵐同學則常對這樣的吉田同學傻眼。不過她們常常一起行動，並不侷限於午休時間。

兩人感情非常好，在我看來彼此熟知對方。

「妳們國中就認識了嗎？」

所以我才這樣猜想而問道，兩人先互相看了對方一眼。

「沒有喔。」

「升高中之後才認識的。」

「這樣啊……」

我實在很難相信，這就是所謂的一拍即合嗎？

哎，不過雖說相處久了自然會親近，然而苗頭不對或許自然也會相反，就像流水匯集之後會立刻混在一起那樣。

「其他人也這樣問過，看起來像那樣嗎？」

吉田同學出言確認，五十嵐同學則先游移了一下目光。

「因為妳說話輕佻啊，所以看起來隨性吧。」

「哦……哎，看起來親近是好事啦。」

吉田同學個性乾脆，用筷子戳起蒟蒻。

五十嵐同學先瞥了這樣的吉田同學一眼，接著轉回方才的話題上。

剛剛在說什麼呢……對了，我們聊起了有關社團活動的事。

「然後，我想說加入英語會話社看看。」

「咦～會話喔～」

吉田同學穿插獨特的反應進來。她張大著嘴，語尾拖得老長。這是我至今交過的朋友之中所沒有的個性，有時候我會因為她的發言而困惑。

不過，我想她只是隨口說說吧，五十嵐同學也沒有特別搭理她。

「我想說都要加入社團了，還是選這種的比較好。畢竟即使加入運動社團，也不可能成為職業選手啊。」

「是這樣嗎～若有運動習慣，碰到緊急狀況要拔腿逃跑的時候也不至於被丟下喔。」

「是要拔腿逃什麼啦。」

「呃～這個嘛……就是……」

吉田同學停下筷子抱著頭開始認真思考起來，五十嵐同學則瞇細了眼睛。

「別管她吧。」

「喔，好。」

我儘管困惑，但在五十嵐同學建議下仍放著吉田同學不管。在我們吃著飯的時候，吉田同學仍不斷發出「嗯嗯」的聲音。五十嵐同學在這段時間內一副不關己事的樣子，夾起吉田同學的一塊蒟蒻。

「很好吃啊。」

「沙彌香有不擅長的事物嗎？」

吉田同學或許是想不到答案，於是這樣問我。吉田同學在問了我的姓名之後，不消三分鐘就開始直呼我名字，五十嵐同學也連帶地以沙彌香稱呼我。

就是因為這樣的距離感覺理所當然，所以兩人才能馬上親近起來吧。

總之先不講這個，不擅長啊……

面對這種問題，或許讓我想說了吧。

「這個嘛……」

瞬間，國中時代的學姊臉孔浮現於腦海，覺得口中增添了幾分苦澀。

「我可能討厭隨便的人吧。」

「原來如此，像我這樣的嗎？」

不知為何吉田同學有些得意。

「妳有自覺啊。」

「算吧～」

即使聽到五十嵐同學的說詞也完全不為所動。吉田同學的煩惱似乎獲得了解決，只見她開開心心地開始吃飯……結果到底是要從什麼手中逃跑啊？我嗎？

我被教室門打開的聲音吸引而看了過去，兩腳在桌子下面僵住了。七海燈子在那裡，她應該是辦完事情了，正好準備進入教室。而正當她要回自己的座位時，吉田同學轉向那邊。

「燈子也來一起吃嘛。」

我擔心自己臉上的表情是否表現出驚訝。

並勉強吞下差點脫口而出的「咦」。吉田同學以輕鬆，甚至可以說是輕佻的態度呼喚七海燈子，而且還直呼名字，七海燈子也沒有表現出介意的態度往這邊過來。我知道吉田同學就是這種個性，但很驚訝原來她對七海燈子也是這樣。

「好啊，不過座位……」

七海燈子東張西望，附近的椅子當然沒有空位，而要從她的座位拉椅子過來又有點遠。我跟這樣的七海燈子對上眼，她有些困擾地微笑，我擔心自己是不是臉紅了。

「啊，不然這樣吧。」

吉田同學說得一副想到絕佳點子的態度，我和五十嵐同學面露難色。吉田同學起身，推了推身旁的五十嵐同學肩膀。五十嵐同學皺著眉頭說「妳幹嘛啦」讓出半張椅子，吉田同學則塞進那騰出的空間裡。

「來，空出位子了。」

吉田同學請七海燈子在自己原本坐著的椅子上坐下。

「這樣好嗎？」

「沒關係喲，這樣滿好玩的。」

「一點也不好玩。」

五十嵐同學用肩膀頂了頂吉田同學，充分表達不滿。七海燈子邊苦笑，邊說「那我就不客氣了」地坐下，我很意外她竟然沒有婉拒。吉田同學見她坐下，也滿足地笑了。

我向吉田同學確認：

「妳跟七海同學之前就是朋友？」

「嗯～算滿之前的吧，大概一個星期以前。」

這就代表是進入高中之後的事。

「小綠，對不起喔。」

七海燈子向五十嵐同學道歉。五十嵐同學說「該道歉的不是燈子」並戳了吉田同學的頭，吉田同學悠哉地說「啊，這樣坐腹肌得用力呢」並體驗著只坐半張椅子的狀態。

……小綠。

我介意這點，因此遲了些才注意到七海燈子的視線。

「怎麼了嗎？」

她擱置自己的便當，看著我的手邊。眼睛睜得圓圓的，有點孩子氣。

「我對佐伯同學的便當有點興趣。」

「咦……噢。」

我理解了，應該跟我的家境有關吧。

「很普通喔，妳看。」

我展現吃到一半的便當，七海燈子的眼睛一一看過裡面裝的配菜和飯。

或許因為與期待的不同，她的眼神並未發亮，嘴角仍放鬆著。

「看起來很好吃。」

「妳原本期待是怎樣的？」

被我這樣問到的七海燈子，彷彿覺得要說出庸俗的想像內容很丟臉般矇混笑著退開。她以為有錢人的便當裡面不會有煎蛋捲嗎？即使富有，我也會想要有煎蛋捲。

話說回來。

其他同學都以名字互稱，但我們還是佐伯同學、七海同學啊。

……有點不滿。

難道我動作慢了？

雖然其他同學和我在七海燈子身上所追求的事物並不相同。

吉田同學她們很平常地和七海燈子聊著天，我則持續煩惱著，是不是該跟她們一樣稱呼她為燈子呢？儘管她不會討厭，但一定會覺得這樣很唐突吧。

這等於是要突然應變，對我來說太困難了。

因為我不擅長放下身段。

我邊盡是想著這類事情，邊機械性地動著手跟口，這是一頓我吃不太出味道的午餐。

午休快結束的時候，我試著不經意地對著起身的七海燈子喊看看。

「燈……」

「嗯？」

七海燈子轉過頭。一旦變成這樣凝視彼此的狀態，正準備脫口而出的聲音就乾啞了起來。

「沒什麼。」

「嗯～？這樣啊。」

七海燈子沒有太過追究，回到自己的座位。

「啊哈～」

身旁傳來一道意有所指的聲音，我迅速轉頭過去。

「什麼？」

吉田同學用筷子挾著蒟蒻，滿心得意地指摘著我。

原來妳還沒吃完喔。

「妳不習慣直呼他人名字吧？」

因為被看穿，所以我無法立刻否認。

吉田同學和五十嵐同學互相凝視並理解了。

「似乎有這種感覺。」

「有這種感覺對吧。」

「感覺？」

我知道她們口中的「感覺」是用在我身上的，不過我看不出是什麼感覺。

「妳們是怎麼看待我的？」

「咦？呃——美女。」

我被吉田同學稱讚？了，這時五十嵐同學稍稍瞇細了眼睛。

我發現了，兩個人還坐在同一張椅子上。

「謝謝。」

我總之先道謝，但我不是想問這個……應該吧。

「那，先叫我來練習看看吧。」

吉田同學雙手環胸挺直了背，等著我出聲。

「練習什麼？」

「不覺得壓力比喊燈子小嗎？」

吉田同學又丟了「不覺得是這樣嗎」的莫名其妙「感覺」過來。

不過，我大致能體會這邊說的感覺是什麼。

老實說，我不太習慣很會裝熟的人。不過跟吉田愛果這個同班同學的互動之中，並不會產生這類不習慣的感覺。或許跟她的舉止非常自然，並無他意有關。

所以我也可以不用想太多地說。

「愛果。」

「嗯嗯。」

她看起來挺滿意。

「接著換我了。」

連五十嵐同學都這樣說，對她我也可以不必太拘束。

「綠。」

「很好很好。」

看起來很高興……比起跟我的關係，感覺兩人的反應一模一樣，反而更加深了她倆之間的親近程度。

「啊，這句話給我說比較好呢。」

吉田愛果——愛果插嘴說道。

「……因為妳姓吉田嗎？」（註：吉與很好的日文發音相同）

「很好很好。」

我說出很直接的感想，愛果開心地點點頭，而五十嵐綠——小綠則直接拋出「真隨便」一句話評價。這時愛果以「可是啊～」開頭反駁。

「吉田這個姓也不能聯想到其他什麼了吧？」

「我不是說這個啦。別扯這些了，快點吃吧。」

小綠指了指便當角落，還留下了兩塊蒟蒻。

「好好好。」

愛果邊把蒟蒻放進嘴裡，邊看著我。

「是說妳這不是很輕易地叫了嗎？」

「我又沒說我無法這樣做。」

「說得也是喔。」

愛果乾脆地接受，接著像是順便般吞下口中食物，點了個頭。

「如果能變得親近點就好了。」
愛果不帶他意地笑著收尾。
「……是啊。」
難道現在不親近嗎？所謂親近要怎麼證明呢？
「我吃膩蒟蒻了。」
「妳就把最後一塊收拾了吧。」
「那妳張開嘴巴。」
「『那』是什麼意思啦。」
嬉鬧著的兩人是教室裡面最吵鬧的。確實，我跟七海燈子之間沒有像愛果和綠那樣的熟稔感，說起來這兩個人可以一個星期就變成這麼熟識應該算是意外，或者可說沒有參考價值吧。我想，我應該不至於跟七海燈子像這樣縮短彼此距離。
我老實承認吧，我就是對她一見鍾情。
而且我雖然雀躍，但可以讓我冷靜下來的部分也漸漸浮現了。
雖然我被七海燈子的外表吸引而煩惱起很多事情，但我和她都是女性。

這在除了我以外的世界，一定不是那麼普遍的關係。
我聽著兩人嬉鬧的聲音在遠處響著，閉上雙眼。
問題與困難多到可以開出一條路。

「新生考試是什麼鬼啦，明明入學的時候就考過試了耶。」
我在一旁聽著愛果這樣抱怨。
「因為入學考試有可能只是運氣好考了高分啊。」
小綠冷靜地這麼回答，愛果接收了她的目光，噘嘴「哼」了一聲。
「妳為什麼要看著我這麼說。」
「妳之前不是自己這樣說過？」
「啊～好像有這回事。」
愛果乾脆地接受，然後把話題丟給我。
「沙彌香的考試成績應該不錯吧。」

她是基於什麼部分這樣判斷的？我認為我並沒有做出會考高分的舉止啊。

「天曉得，畢竟又還沒開始考。」

儘管我話說得謙虛，但並不代表我沒有自信。

我只是跟國中時一樣，完成必需做到的事情，這麼一來便會導出結果罷了。

而入學考試的時候，我只是沒能做到那些該做的事。

「……………………」

下週要針對所有新生進行一場簡單測驗。畢竟高中開始上課還沒多久，所以可能就像愛果她們說的那樣，算是入學考試的延伸。

入學考第一名是七海燈子，這點從負責入學典禮新生代表致詞的人是她便可明顯確認。我在看見七海燈子之前，曾有過一股類似屈辱的感受，雖說這感受在見到她之後變得不是那麼明顯，然而隔了一段時間與距離之後，我的競爭心又死灰復燃。因為我自認自己算是相當擅長學習的學生。

與入學考試時不同，入學之後經過的時間相同。更進一步說，我們都在同一間教室，依循同一份課表上課，甚至在放學後、離開學生會前的行程都一樣。我並沒有比七海燈子超前，也沒有落後。一旦變成純粹仰賴實力的勝敗關係，我怎麼可能不奮起呢。

而那個七海燈子提著書包，往這邊過來。

「快要考試了，妳要去學生會嗎？」

老實說，我是很想早點回家複習課業。

既然至今的條件都跟七海燈子一樣，那我希望能平等到最後。

「如果七海同學要去，我就跟妳一起。」

「那，我們走吧。」

七海燈子完全沒有表現出擔心考試的態度，選擇了一如往常的放學後行程。

是因為她行有餘力嗎？

「妳們兩個都好游刃有餘喔～」

愛果輕佻地挖苦。

「才沒有呢。」

七海燈子輕鬆地笑著否定，從她那優美的反應之中看不出真心。

「哎，就算馬上回家也不會念書啦～」

我邊聽著愛果這般有氣無力的聲音邊離開教室，到了走廊時，七海燈子問我：

「佐伯同學在考試前會去圖書館念書嗎？」

「我都在家念，在家比較能專心。」

「真厲害。」

被七海燈子這樣輕易地稱讚，讓我想問她這樣哪裡厲害了。

「我如果一個人念書，就會忍不住偷懶。」

「怎麼可能。」

我認為她不是這種個性而一笑置之，從她在學生會的活動來看，可以知道她的個性正經八百。

還是說，她不需要努力就可以獲得結果嗎？

不需要做任何事，打從一開始就是完美。

沒有任何弱點。

儘管我心想「怎麼可能」，卻無法徹底否定。

我跟著她一起走，持續煩惱。

這種不安定的情緒究竟是怎麼回事？

感覺好像想輸給她和想勝過她的情緒共存，被這般奇妙的感受玩弄著。

我帶著對七海燈子的不安與期待交錯的感受，回到家之後回顧著考試範圍內容般複習知識。因為我在國中三年級後半疏於學習，這正是一個補強的好機會。

有如要找回當時失去的事物，仔細地將之拾起。

我瞥了書櫃一隅，立刻轉向書桌。

總之，事情就是這樣，我們迎接了進入高中後的第一次測驗。

結果也公布在走廊，我——

「第二名耶，很厲害啊。」

愛果從我的肩膀看過去，稱讚我的測驗成績。

新生的名字從右往左排列過來。

我的名字在第二個。

「不是第一。」

不知我是否對自己口中說出的這個現狀不滿，或者只是有如仰望遠方高山山頂般說出眼前的事實呢？我無法掌握實際的感受，只是在喧囂之中持續看著。

第二名是佐伯沙彌香。

然後，第一名是七海燈子。

我又堂堂地敗給了她。

「分數只差一點點嘛。不過第一名是燈子，感覺她就是要考到第一呢。」

「哎呀，沒有這麼誇張啦。」

不知何時來到這裡的七海燈子，將雙手揹在腰後，謙虛地說。

愛果把下巴擱在我的肩膀上（很礙事），並且邊以下巴頂著我邊說：

「雖然妳看起來一派輕鬆，但應該花了很多時間複習吧？」

「學生會的工作很忙，其實沒怎麼複習。」

燈子笑著否認，我在一旁默默聽她說。我很清楚學生會的工作沒有這麼繁重。

「開玩笑的，如果是這樣就好了。嗯，我當然花了時間複習。」

燈子立刻轉變態度，並且面向了我。

「這次是我贏了。」

被她這樣帶著笑容，不帶任何抱歉地宣告，反而不覺得悔恨。肩膀繃緊的力量突然放鬆了。

「是我又輸了，因為入學考試也在妳之後。」

「入學考試？啊，新生代表嗎？」

我稍稍點頭。

「感覺會沒了自信。」

雖然話說得消極，但我的心態並沒有想像中消沉。

甚至可說，因為看著七海燈子的關係，而覺得好耀眼。

「不，我也是很辛苦喔。我想應該花了比佐伯同學更多時間學習。」

七海燈子並沒有特別顧慮我，恐怕只是平鋪直述地道出事實。

她或許是想強調自己不是沒有任何努力就能做出這樣的成果。

即使是七海燈子，當然也需要努力。

「……是啊，想必是這麼回事吧。」

我很欣賞七海燈子這種完全沒有表現檯面下努力部分的做法。

在入學典禮上意氣風發地上台，完全迷倒我的那個瞬間重演。

我知道有這樣的自己存在。

「是說，小綠為什麼從剛剛開始都不說話？」

愛果戳了戳旁邊的小綠，她皺著眉頭明顯表露出不滿：

「我沒想到名次會在妳後面。」

「好過分喔。」

確實，愛果的排名算是相當前面，我也有點意外小綠的排名在她之後。因為該說平常愛果的言行舉止很天馬行空嗎……有種她很愛瞎鬧裝傻的感覺，所以更是讓人意外。

看來外在與內在不一定會相同。

不過我想無論身心都非常統整的人，就是七海燈子了。

老實說，我沒想到會再次敗給她。我原本淡淡地擅自認為，只要起跑點相同，在學習這個領域上我就能夠領先。而七海燈子輕巧地超越了我。

距離並不遠，但她的背影如此鮮明。

我心想「啊，真好」。

雖然我盡了全力，心想下次一定不要敗給她，但我也希望七海燈子不要敗給這樣的我。儘管兩種期望互相矛盾，但我對她的期望正是如此。

例如，若現在對著我笑的七海燈子成績吊車尾，我還會一直認為她很有魅力嗎？一旦這樣想像，我甚至覺得建造在自己內心、類似高塔般的巨大建築物即將崩塌。

我希望七海燈子永遠美麗。

美麗到讓人甚至躊躇是否能碰觸。

我再次抬頭看了看第一名的七海燈子。

必須排在我前面的名字。即使落到我之下，我仍能持續仰望她嗎？

我現在還沒有自信，能夠持續喜歡軟弱的七海燈子。

「真的沒來呢。」

學姊這麼說，我不禁深深同意「說得沒錯」。

「多虧了他們，我一年級的時候負擔就很大。」

我們在學生會辦公，沒看到另外兩位男生。雖說久瀨學長是這樣，但另一位學長也鮮少現身。實際上，現在的學生會是由三個人在運作。

「我想接下來這一年，妳也會很辛苦。」

「我會當作是很有努力的價值。」

換個說法後，學姊露齒而笑。

「哎呀，沙彌香妹妹真是好孩子。」

學姊稱呼我為沙彌香妹妹。

「…………………………………………」

我應該會慢慢習慣吧。

遲早有一天會理所當然地不為所動。

人類真是方便。

「是說燈子請假嗎？」

不知為何沒有給七海燈子加上妹妹，雖然情感上我是可以理解。

今天到現在，學生會辦公室裡只有我和學姊兩個人。

「她好像有事……說處理完之後會馬上過來。」

七海燈子留下這樣的留言便迅速離開了教室，她明明沒有同時參加其他社團，在放學後的學校裡面究竟有什麼事情要處理？我在來學生辦公室的路上思考過，但得不出什麼答案。

天空的白雲有如浪潮般擴散，使太陽有如沉沒於海底那般陰暗。陽光無法穿過學生會辦公室的大窗戶，但因為沒有下雨，所以還算好。儘管是個陰天，我卻感覺有些悶熱，能實際透過肌膚感受到五月即將到來。

接著過了一會兒，我們做完一輪工作後，七海燈子來了。

「我晚到了。」

她先這樣說，接著在我旁邊坐下。我見狀起身，在杯子裡倒了茶遞給她。

「謝謝。」

「事情處理完了？」

「嗯。」

七海燈子的聲音有些消沉，我有點在意她的狀況，不禁看了過去。

她馬上察覺我的反應，想帶過話題。

「沒什麼。」

「那就好……」

應該是不至於要跟我說的事情吧。

我與七海燈子之間的隔閡仍是顯而易見。

今天並沒有特別忙碌，即使七海燈子晚到了，也沒有工作要做了。學姊說我們可以先喝杯茶休息一下，然後直接回家。

「門我來鎖就好。」

「辛苦妳了。」

七海燈子鞠躬示意後，離開學生會辦公室。我下定決心，以略顯僵硬的雙腳跟在她後面。

學生會活動結束後，才是我心中盤算的正戲開始。
我想說今天她要是有來，我就要說。既然她都來了，我就無法逃避。
如果落於他人之後，也論不上是否能追上她了。
而既然其他人做得到，那麼我也可以。
這點自負我還是有的。
「七海同學，可以借點時間嗎？」
我對先出去外面等著的七海燈子說道，她不知為何稍稍驚嚇了一下。
「怎麼了嗎？」
「不，我才想問妳怎麼了？」
我應該不是只消出聲喊喊妳就會令妳害怕的對象啊。
「我只是有點發呆所以嚇了一跳。找我有事嗎？」
「我有些話想跟妳說。」
「唔……嗯。」
七海燈子感覺像是有些警戒一般，反應略顯遲緩。我雖然介意，但要是追究下去應該會無法進入正題，所以我直接往設在辦公室後面的長椅走過去。

這張老舊的長椅設在有如揹著學生會辦公室的位置上，正面是一大片森林般的景色，沒有想像中的平靜。我和七海燈子將書包放在彼此之間，保持著一定距離。

「好了，妳想說什麼呢？告白？」

即使我知道這是開玩笑，我當下仍說不出話。感覺一個大意，就連視野都要陷入不連貫狀態。

「因為妳的態度看起來好像是對我有意思，我還以為可以這樣開玩笑。」

七海燈子一開始雖然嬉鬧著，但看到我的表情之後就收斂了。

我現在的表情有多奇怪啊？雖然很想知道，但不想看。

「對不起，要講正經事嗎？」

隨著七海燈子的聲音變得平靜，我心中的騷動也漸漸遠離。

我心想難得自然景觀就在眼前，於是吸了一口清新空氣。

「算正經嗎……正經，嗯，我就正經地說吧。」

「嗯，那我也會正經地聽。」

七海燈子整個人轉向我。妳不必這麼正襟危坐啦，我反而難以啟齒耶。

接下來要說的，一定不是什麼大不了的事情，只是會讓我稍稍緊張地冒汗的程度。

「我可以直接用燈子稱呼妳嗎？」

我將手掌撐在長椅上，挺出身子說道。

受到壓迫的指掌關節發熱。

「是可以……」

七海燈子的反應很平淡，就像在等待後續一般，出現一段空白。

然後知道沒有後續的時候，她歪了歪頭。

「只有這樣嗎？」

「……只有這樣。」

與愛果和小綠相比，我不否認我有些誇大。但這對我來說茲事體大。

不知她是怎樣看待，只見七海燈子……燈子稍稍前傾身體。

「真的很正經。」

手指扶著鼻子呈現三角形，掩住嘴角的燈子正晃著肩膀。

……她在笑嗎？

「有什麼奇怪的地方嗎？」

「沒，我不是指妳說的內容，是覺得妳本人真的是正經八百。」

即使這樣說明，但被燈子這樣笑，我還是有些丟臉。

「我生性如此。」

我沒辦法靈巧做到順著聊天氣氛而不經意地改口稱呼，只能按部就班地安排。至今為止我都是這麼做的，所以即使與燈子有關，我也只能這樣。

「這樣很好。」

「謝謝妳。」

還好她沒有說喜歡我這樣，要是她這麼說了，我實在沒有自信能冷靜地與她交談。

「我也可以直接用沙彌香稱呼妳嗎？」

「嗯，當然。」

當我聽到自己的名字被燈子的聲音明快地喊出，登時有種黃金光芒從雲層彼端灑落的感覺……讓我覺得無比清爽。儘管現在是一片陰天，但明朗的感覺卻從身旁造訪。

光線讓我錯覺她的眼角閃耀著光輝。人這種生物，會基於個人的狀況，甚至能看見不存在的事物。

至少燈子就是照耀了我。

「現在，我覺得有邀妳一起來參加學生會真是做對了。」

「我很榮幸……」

我記得之前好像也有說過類似的話。因為她提到了學生會，我因此順勢問道：

「妳加入學生會，有什麼目標嗎？」

我想她應該不會滿足於單純加入，燈子的雙眼彷彿看著遠方般拓展。

「目標……嗯，有。」

她以與方才同樣的姿勢掩著嘴角，但這次肩膀並沒有晃動。

「可以的話是希望今年就能執行，但很難說……要看會長怎麼想。」

「能告訴我嗎？」

「嗯～……」

燈子回應得沒有太乾脆，拿著書包起身，然後。

「還不能說，等成為正式學生會成員後，我會跟妳商量的。」

七海燈子稍稍逃避了。

她對學生會抱持的想法，可能比我想像得更接近她本人的真心。而這不是能輕易對今天才總算以名字互稱的對象透露的內容吧。

喜歡的對象有著自己所不知的一面，令人不安。

但既然她說總有一天會跟我商量，那我能接受現在這樣就好。

「我知道了，我會等那個時候到來。」

我表示出退讓意圖，燈子邊道謝邊放鬆了嘴角。

「沙彌香好溫柔喔。」

「不是這樣啦。」

我想，因為害怕自己介入後而遭到對方厭惡的自我中心想法，並不能說是溫柔吧。

因為害怕，所以在對方身邊，等待對方採取行動。

究竟是什麼時候開始的呢？我變得擅長等待了。

不過這樣的等待跟國中時不同，那時候我甚至連是否要等待都沒有選擇。

所以我不斷反覆在喉嚨內說給自己聽，這與當時並不一樣。

燈子握著書包提把，直直看著森林深處。

「……燈子？」

雖然有很多種方法，但我特意選擇喊了她的名字。

我一喊，她就淡淡地笑著說「沒什麼」。

即使經過的時候看向林木之間，也只能看到更多樹幹林立的色彩。

這時候的我，什麼都沒發現。

但我在近期之內，就會知道燈子在看什麼了。

今天是個一如往常，跟燈子一起前往學生會辦公室的日子。

「好像有聲音……？」

我們聊到一半，燈子突然東張西望起來，然後稍稍偏離了道路。

我想說她怎麼了而追了上去，就看到燈子貼在校舍轉角上，好像在窺探什麼般伸長了脖子，所以我也往她的背後靠了過去。這可能是我第一次這麼靠近燈子，因而小鹿亂撞地跟她一起確認前方。

在校舍與森林般的林木之間，有一個略略寬敞的空間，因植物掩蓋導致日光難以射入的這個地方，有一對男女正保持著尷尬的距離面對面。

這是……告白現場嗎？

畢竟這裡少有人煙，或許是個絕佳地點。雖然我常心想不必刻意在學校裡面告白吧，但意外地學生之間的接點很多時候都只有學校一擇。

我自己也是在學校接受告白，並且只會在學校裡面見面。

先不提這些了，以結論來說，我們變成了單純偷看。

「雖然我不太讚許這種行為……」

其實應該要馬上離開才對，但我不禁跟燈子一起躲在了暗處。

那兩人應該是刻意選擇了避人耳目的地點，但現在就是有我們兩個的耳目在盯著他們。世界上真的到處都是人，我到現在才想起，或許學姊跟我告白的時候也被人看到了，並因此冷汗直冒。

「是芹澤。」

燈子看著女方，小聲嘀咕。

「是我們班上的？」

「不是，不過之前的體育課我跟她比賽過。」

「什麼啊……」

竟然有這種事。體育課……啊，我想起長跑時跑在前面的燈子。當時確實有一個女生跟她競爭，原來就是這個人啊。當時的細節漸漸從我的記憶之中浮現，現在的她與當時和燈子競爭時英勇的狀況不同，雙眼跟臉頰充滿圓潤，拚了命表現出可愛與友好的感覺，自然就會變成這種樣子吧。

即使不刻意表現，人的臉也是千變萬化。

她戴上了歌頌愛情的面具，像是在等待什麼般靜靜地不動。

從這邊聽不見他們對話的內容，但從她臉上表情沒有陰鬱之色，以及兩人一起離開這兩點來看，事情進展得應該很順利。儘管人已經離開了，我們仍看了一下那個空間，之後燈子才說「我們走吧」並準備前往學生會辦公室。

儘管知道這裡沒有其他人，但這還是出乎意料的一段插曲。今後在前往學生會辦公室途中，是否還有機會撞見這類場景呢？

「是哪一方告白的呢？」

我們邊走，燈子小聲地說道。

「從剛剛的樣子來看，應該是女方吧。」

「芹澤喔……她跟大垣同學同社團嗎？」

燈子用手扶著下巴沉思，難道她連男方也認識？

「不是同班吧？」

「大垣同學是我們班的喔。」

……咦？

「是……呢。」

我吞吞吐吐地說謊，燈子睜圓了眼。

「我以為這種事情沙彌香會記得很清楚。」

「因為我沒跟他說過話……」

我扯了謊，看來我完全不會去記住毫無興趣的事項……但如果與燈子有關，應該大致上都會記得。例如喜好的咖啡口味、喝咖啡會加些什麼之類。

「那兩人會交往嗎？」

「看起來是會吧。」

接受告白之後能夠馬上回覆，真是滿了不起的。

「情侶啊……」

雖然與我無關，但由燈子的聲音說出情侶這個詞，還是讓我稍稍在意了起來。

燈子似乎無法接受自己的發言一般皺起眉頭。

「不會太快嗎？」

「咦？」

「因為開學到現在還不到一個月耶。」

我能理解她的說詞，一個月內要熟悉一個人的內在有其極限。

即使如此還是在這麼短的時間內喜歡上一個人，應該就是非常喜歡那個人的外在。

……我也沒資格批評別人。

「啊，說得也是……」

不過即使相處了整整一年，也無法得到什麼確切保證，人際關係就是這樣。

「但相處時間長，也不代表就能確定心意。」

我說到一半，覺得燈子的眼光變得嚴厲，差點就要說不下去。

「我想應該是這樣吧。」

「原來如此。」

燈子誇張地不斷點頭稱是，我則有些羞於自己說了這番話。

「沙彌香也是經歷了一些事情嗎？」

「算是吧。」

要是我表態自己曾被學姊告白並交往過，燈子會作何反應呢？我無法期望她會有正面回應，所以才不禁覺得失落。不讓任何人察覺，不要被看見。不過，若是一直保持這樣，我覺得與燈子之間的距離就無法拉近。

「之後是不是該跟芹澤說一下？結果我們還是偷看了。」

「嗯……這很複雜。」

如果失戀了那還是裝作沒看到比較好，但看起來是成功了啊。

「燈子想怎麼辦？」

目前我跟那兩人還不太熟，特地去找對方講這個感覺很不自然，所以我覺得保持沉默就好。不過燈子之後應該還會跟那個女生，也就是芹澤有所往來。

「就是不知道才問妳。」

「我的話不會說。」

我看著燈子，她反過來凝視著我，像是在詢問理由。

「如果對方想說了，自然就會告訴妳。」

這可能是假裝理解的狡猾做法。但若是介入，就會變得失禮。

我們很難判斷哪個才是正確答案，該站在怎樣的位置上。

說不定像愛果這種人，意外地會本能性地知道適合的立足點。

「沙彌香有時候感覺很像學姊。」

燈子如是評價我，繼正經八百之後，這回是說我像長輩啊。

「想法很陳舊？」

「起碼說成熟嘛。」

我在口中否認說「沒有這回事」，我知道自己無法像大人那樣表現成熟，但又不是勇往直前的小孩了……我兩邊都不是。

或許高中生就是這樣吧。

「其實……好吧，就跟妳說。」

「什麼？」

「我昨天被告白了。」

燈子直接說出的這番話，讓我眼前一陣白。

我現在也等於被燈子告白了，感覺雙腳中心好像被塞了棒子一般動彈不得。

「告白……」

「嗯。」

聲音差點上揚，感覺自己好似正看著燈子，雙眼卻沒有聚焦在任何物體上。

「被誰？」

「同年級的，應該是沒講過話的男生。」

「啊……原來……」

我差點要說出「是那邊啊」。

「是這樣啊。」

因為覺得若說出「那邊」，而被燈子歪著頭追問意圖就無法含糊其詞了，所以我急忙改了說法。

這時候我稍微冷靜了點，覺得雙腳也可以活動了。

「妳說有事……原來是這件事情啊。」

不過我還是有些動搖，在反芻著沒有意義的話語之中，思考該以什麼為優先。

首先，要問她是否接受了。

「妳接受了？」

我擔心自己是否不是基於好奇，而是擔憂之心更加顯著。

燈子面向著前方回答我。

「我拒絕了，希望對方不要太受傷就好。」

「是喔。」

我正想說「那就好」。

「如果是這樣就好了，真的。」

我說得一副像是當事人那樣，不禁耳朵發熱，別開目光。

我暫時看著一旁走著，燈子也沒有多說什麼。

彼此不再對這個話題發表意見，就讓它隨意地結束比較好嗎？畢竟一直追問下去氣氛也會變得尷尬……不過這麼一來，即使今天回到家也無法完全消化介意的事情，會變成什麼都做不了吧。

「妳被告白有什麼感覺？」

我儘管猶豫問這個好不好，但嘴上仍半是自動地問了出口。

「我覺得他真沒眼光。」
燈子的嘴角伴隨自嘲而扭曲。
「不不不。」
「哎呀，這麼用力否定？」
燈子似乎有些驚訝地睜大了眼，我那是反射性地加以否定。
不過，燈子這麼沒有自覺的反應，聽起來甚至會覺得她在挖苦別人。
「燈子，妳很漂亮。」
都到了這一步，我於是明確地表示。雖然我不是很懂這一步究竟是哪一步。
因為話題的關係讓我也跟著激動了起來。
燈子邊用手指梳開自己的頭髮，對著我伸出手，像是獻出了什麼一般。
「沙彌香也是喔。」
「咦？」
雖然從氣氛看來她應該會這樣回話，但我沒想到她會完全不加修飾地直接這麼說。

感覺身體又要僵住了。

「有需要這麼驚訝嗎？」

「很少有人這樣跟我說。」

「真的？」

「真的。」

應該是。說我很優秀之類的話就比較習慣。

「這……那些人真沒眼光。」

燈子接著說道。她中意我當然是很好，我也不覺得這番話有所虛假。

國中的柚木學姊也是先看上了我的外表。

雖然跟燈子並肩的現在幾乎要沒了，但我還是希望能稍微維持點自信。

「漂亮啊……」

「嗯。」

一旦肯定，原有的害臊之情也稍微緩和了。

「可是我……應該差了一些吧。」

燈子仍淡淡地否定，不過否定的內容讓我有些在意。

「妳是跟誰比較呢？」

不可能是我吧。燈子彷彿現在才發現自己脫口而出的內容，曖昧地別開目光。

「啊，沒什麼……」

燈子回覆得簡短且僵硬，彷彿堅硬的石頭在地面反彈而起。

那是拒絕所有人接觸的冰冷觸感。

燈子並未放下這般情緒，先走了一步說道：

「沒什麼喔。」

七海燈子加快腳步，彷彿想要拋開話語。

充滿微暗的隱瞞搭配著空氣，瞬間氧化。

那些隱瞞掠過我的臉頰，我保持位在燈子身後一步的位置上。

……怎麼可能沒什麼。我雖然無法想像比燈子更加漂亮的美女是什麼樣子，但有機會真想見一次看看。

總而言之。

燈子的一切。

看不見、她沒有表現出來的軟弱骯髒卑鄙劣等感嫉妒心理陰影真心話表面話厭惡憎恨卑屈否定自我偏愛性癖敵意惡意除此之外的多數負面情緒等等。

如果看清這一切，原本對她的真誠情感或許會被撕碎得體無完膚。而我並不知道那是不是我真的想知道、想介入的部分。

……然而——

我現在仍追著她的背影向前。

「我是新任學生會長。」

久瀬學長帶著滿臉笑容發話。

「還請多多指教啦。」

「好的。」

會把大多數活動丟給底下人去做的會長所說的話分量就是不一樣。

與前任學生會的交接工作已大致完成，今天是在新任學生會長領導下開始活動。

我和燈子也被納入了正式成員之中。

「燈子直接當上學生會長就好了。」

「好說好說。」

久瀨學長把我的話當成玩笑揮了揮手，但其實我並沒有說笑。

五月，剛放完連假，新學期一開始就立刻舉辦了學生會長選舉，參選的久瀨學長當選為會長。平常幾乎不來學生會的人特地出馬競選，應該是因為申請學校可以加分等顯而易見的因素，而這個學長也不隱瞞這些部分。

不過，從迴響來看，我也覺得久瀨學長會勝出，主要都是燈子的功勞。

跟隨著久瀨學長從旁協助選舉活動的七海燈子比候選人本身更引人注目。燈子雖說也有很多人關注我，但因為我不太在乎這些，所以沒有什麼特別感覺。

總之，久瀨學長本人出馬競選的動機什麼的，應該沒有人認真看待吧。

不過，事情就是這樣。

說得極端一些，不管學生會長是誰，高中生活都不會有明顯的變化。學生會長做事隨便並不會導致學生個人的煩惱增加；而能幹的學生會長也不會將之減輕。學生會的力量沒有大到能夠干涉個人日常。

所以，既然是誰都一樣，就很難特別關注。

而在這樣的基礎之下要投票給候選人，最重要的就是給人的印象。

比方帥氣、漂亮、散發著好氛圍，甚至名字很有意思。

而在候選人身旁呢，就有一個吸引眾人目光的美女。

這就是足以影響選票的強烈印象。

……我是這麼認為，我覺得久瀨學長是基於這個理由當選。

「結果今年只有兩個人加入啊。」

「有兩個勤勞的人加入就很夠了。」

學長接連看向我和燈子。

「明年我是還可以介紹一個人進來，但前提是那傢伙要考上我們學校就是了。」

「久瀨學長的後輩嗎？」

我和燈子面面相覷，腦中浮現身旁再出現一個表情像會長那樣樂天的人。

「看樣子不要太期待比較好。」

燈子尷尬地笑了笑，回應我的感想。她仍不改和善待人的態度。

我面對會長，心想原來如此。

「沙彌香妹妹和燈子如果有學弟妹可以拉進來，明年就能輕鬆點了……大概吧。」

學姊如是忠告，而這麼說的她應該是沒戲了吧。

即使有人選，要邀約對方加入學生會還能獲得理想回應，應該很難吧。

或許真的要像久瀨學長這樣，以申請學校的加分項目為目標來邀請，不然大多數人應該都沒什麼意願。我到現在總算知道燈子為何因為我願意加入而高興了。

「我沒什麼跟學弟妹說話……沙彌香呢？」

「我國中是就讀友澄，不會有人來這裡的。」

小學時代的朋友就更沒印象了……即使碰到面，也很難確定能不能想起對方。

雖然有一個難以忘懷的對象，但應該會被對方直接忽視。

「友澄？國高中直升那間？」

「是的。」

既然知道這名稱，應該就知道是怎麼樣的學校吧。

從國高中直升的學校轉學出來其實很少見。

燈子透過氣氛散發出「為什麼來就讀這裡」的疑問過來。

「因為我覺得搭電車通學很麻煩。」

我把用在父母身上的謊言直接照搬過來，並且心想要記住這個理由。

避免今後這個謊言露出破綻。

「原來如此……」

燈子帶過話題般的簡短反應，究竟察覺到了什麼程度呢？

不過即使燈子察覺了我的謊言，她也不會特別介入，反之亦然。

我們彼此都只是表面上的交流，我有種「這樣下去真的好嗎？」，類似焦慮的懸念。我想與燈子維持怎樣的關係呢？希望與燈子之間擁有什麼呢？既然有這些需求，就不可能永遠沒有動作。

會長與二年級學長姊們正在說話，如果要備茶就得準備所有人的份。

在這種情況下，通常都是當學妹的我或燈子動手，但我們之間並沒有特別排班，就是覺得該做的人去做而已。

「我們猜拳決定誰泡茶吧。」

「咦？」

雖然我泡也沒關係，但如果對象是燈子，我也會想試試看。

想試試看一般朋友會做的事情。

雖然我只是有這樣的想法，但燈子的反應意外地大。

她似乎也很意外自己不禁發出了聲音，於是為了修飾形象說明道：

「呃，我太不擅長猜拳。」

「是嗎？」

說起來猜拳有擅長與否的問題嗎？

「嗯……是因為外表看起來容易理解嗎？」

她緩緩揮動握著的拳頭，困擾地笑了。明明態度看起來頗為自然，但為何我卻從中感受到有幾分佯裝呢？果然是因為她一開始驚訝的反應嗎？

「既然妳不擅長，那我務必想要試試。」

既然燈子妳想隱瞞，那麼我就故意順著妳的態度說話。

「妳很壞耶。」

燈子有些開心地放鬆了嘴角，緩緩伸出握著的拳頭。即使觀察這麼做的燈子手邊和肩膀，也看不出她會出什麼。

更不可能在眼中顯示布或者石頭，一點也不是那麼容易理解。

我不理解七海燈子。

我也伸出手做好準備。

開始之前，燈子茫然地看著自己的手。

「剪刀、」

燈子的手臂無力地上下揮動。

「石頭、」

燈子的手臂無力地上下揮動。

「布。」

我出了布，燈子是剪刀。

我……沒有贏，我直直地盯著確認，確實是我輸了。

「妳根本沒有不擅長吧。」

說自己不擅長只是謙虛嗎？我想現在的我一定很可笑。

燈子的雙眼凝視著我張開的手。

「嗯……不，是沙彌香妳更不擅長？」

「妳真是可以很隨意地說出過分的話耶……」

雖說獲勝了，但燈子出剪刀的手指沒有伸直，呈現半彎狀態。

燈子收回了手起身。

「泡紅茶可以吧？」

「咦？是我輸了耶。」

「仔細想想，之前是妳泡茶的，連續兩次都讓妳做我有點過意不去。」

燈子「啊哈哈」地輕快笑著往快煮壺那邊過去。

這有什麼意義嗎……留在原地的我手上的布失去了歸處，在空中遊蕩。

我猶豫著要不要過去幫忙，還是決定觀察燈子的狀況。

燈子備茶的背影沒有任何窒礙感，動作迅速流利，但這看起來反而像是抽離了意識的機械式動作。燈子的意識現在落在何方呢？雖然看起來一如既往，卻有著細微的不同。

她竟然對猜拳有特別的想法，感覺有些稀奇。

不過燈子似乎沒有打算讓人看到她在此注入的特殊情感。

一定有很多隱情……這無論誰都看得出來。

但我想和燈子共享那許許多多的隱情。

為此，究竟什麼才是必要的呢？

信賴？友情？或者是愛情？

總之我很清楚，這些都不是能夠單方面成立。

過了一會兒，燈子泡好所有人的紅茶後回來，她先將杯子放在包含會長在內的所有二年級學長姊面前之後，才來到我身邊。燈子伴隨一如往常的笑容，將杯子與熱氣帶來給我。

「謝謝，下次換我了。」

「啊哈哈……這樣猜拳就沒意義了。」

燈子的臉緩緩往左右搖晃，她的回應並沒有針對我，而在空中浮沉。

重新坐上椅子，好似要撥開瀏海般將手扶在額頭上的燈子大大嘆了一口氣。與之前的態度相比之下，似乎稍稍鬆懈了一些。

若不是總是注意燈子的人，絕對不會發現的小小空檔。

我看到這個，確定燈子一定有所隱瞞。

有發生過什麼事情。

那一天我就這樣繼續關注著燈子，並默默地完成分配過來的工作。

「沙彌香，我有點話想跟妳說，方便嗎？」

整理收拾好交接資料後，燈子這麼說。她一如既往地笑著……之前到底怎麼了呢？無論如何，這樣比較好相處。

「好啊。」

我並未持有拒絕燈子邀約的方法，我倆於是一起走出學生會辦公室。

燈子領著我來到學生會辦公室後方的長椅處，這張平常應該沒人會來的長椅，倒是一個挺方便的場所。只需要越過一道牆壁，我就可以跟燈子獨處。

我拍了拍長椅，邊整理好裙子邊坐下，還稍稍注意了周遭狀況。

因為之前曾看到學生會辦公室附近有蜜蜂。我從來沒有被蜜蜂叮咬過，這反而讓我更加害怕牠造成的痛楚。還有我不太喜歡蜜蜂振翅的聲音。

「跟之前剛好相反呢。」

燈子所說的包含坐上長椅的順序，以及主動邀約的立場。

我回想起之前的一片陰天，當時的座位確實剛好相反。

不變的只有彼此之間的距離。

「偶爾是否該試著去鎮上喝杯茶聊天呢。」

燈子之所以這麼說，是因為這裡儘管在樹蔭地下，仍有些悶熱之故嗎？因為初夏的腳步漸漸造訪，涼風無法吹送到受到林木包圍的這個地方。

「我們下次再這麼做吧。」

既然能在放學後增加與燈子相處的時間，如果可以把單純玩樂跟講正事分開會更好。

「所以說，是什麼事？」

我大概猜到三件燈子可能會跟我說的事情，不知道她要說哪一件。

如果完全出乎意料，我可能會難以應對。

燈子瞥了我一眼，然後像是要別開目光那般面對前方。

「我只是想問問看，沙彌香妳吃過速食一類的嗎？」

「……………………………………」

妥善整理好的過往不斷打轉。

我在生氣之前，先是洩了氣一般笑了。

「之前也有人這樣問過我。」

「哎呀。」

「我看起來這麼像千金大小姐嗎？」

「是啊。」

我本想說燈子才是，但當我以特殊眼光像是觀賞她般確認之後，就有種不太對的感覺。燈子的外觀雖然完美、經過雕琢，但不會給人一種居高的感覺。她身上有一種容易親近，應該說是給人良好印象的特質……難道我欠缺這些嗎？

「是嗎……這都是家庭教育和學習才藝的成果。」

雖然不像之前跟燈子所說的那樣，但環境孕育了這樣的我。

這些環境造就了我，是從小到大守護著我的搖籃。

若說沒有別人，就不會有我這個人的開始，我也無法加以否定。

「才藝……難道學生會選舉時的那個也是？」

「是的。」

多虧學習過書法，當時是由我揮毫大大寫下久瀨學長的大名。

「若明年燈子想出馬角逐，我會再負責這個部分。」

七海燈子。我想必會在正式書寫之前先在家反覆練習好幾次吧。

「真可靠呢。」

既然燈子都客套地這麼說，那麼我學習的這項才藝就有所價值了。其他學過的幾項才藝，說不定也會在這類小事上產生意義。這令人很是期待。

燈子閉上的眼睜開，手上接連比出石頭、剪刀、布。

「猜拳的時候會反射性地習慣出某一種呢。」

「……是啊。」

我回想起剛剛的狀況點頭同意。我剛剛沒想太多，就出了布。簡直像是希望握住燈子的手。

「我想猜拳的時候能配合對方習慣改變出什麼的人應該不多吧，一開始總會出自己想出的。我是剪刀，每次都會反射性地出剪刀，為什麼呢？」

燈子伸出食指和中指擺出剪刀手勢，並像是窺探一般凝視著兩指之間的空檔。

即使問我為什麼，我也無法回答。如果是專家或許可以說明，但燈子想要的應該不是科學解說，她緩緩地張開其他手指。

「原來，我剛剛應該得出布才對啊。」

她自己想通了，浮現在那張側臉上的笑容多半混入了自嘲。

「什麼意思？」

「沒什麼，妳別在意。」

燈子收下了手。

「這我很難做到。」

妳都這樣吊人胃口了。既然沒有打算說清楚，起碼收到更深層、不為人所知的地方嘛。如果我更加在意燈子，又會變得無法專心學習了。無論從哪個層面來看，我都不想遠離燈子。

「抱歉。」

燈子道歉了，我沒辦法明理地回她「沒關係」，導致我的回應也變得不明確。沉默就這樣持續下去，讓我覺得好像幻聽到飛蟲的振翅聲逼近過來。

「沙彌香家裡的庭院看起來也像這樣嗎？」

燈子看著前方景色問道。

「沒有這麼雜亂的感覺，整理得更妥善。」

「雜亂……」
「貓咪有時候也會在庭院。」
「有貓真好。」
燈子上鉤了，她似乎很喜歡貓，我因為我們有共通喜好而安心。
「之後有機會真想去沙彌香家摸貓。」
「這倒是隨時歡迎妳來啊。」
看來我差不多可以主動出擊了。
「……妳想講的是難以啟齒的事情嗎？」
因為她一直沒有切入正事，所以我從氣氛推敲得知。
七海燈子平時總是表現得很有自信，並不畏縮。因為她待人隨和，所以會給人這種印象，但說不定她也跟一般人一樣會困惑躊躇……跟一般人一樣是什麼意思啊，我難道把燈子當成非人的高尚生物嗎？
啊啊，不過，在入學典禮上一見傾心的我對燈子抱持的情感，應該很接近這種感覺吧。

持續走在自己前面的人。

「嗯～其實也不算，不過聽起來可能會有點奇怪吧。」

「奇怪……」

燈子心中所謂的奇怪究竟是怎樣的呢？

或許是知道這點的好機會。

若對方有點奇怪，這邊就該開誠布公地對應，才恰到好處吧。

「既然如此，那我會認真聽妳說。因為我擅長如此。」

我很自負一旦決定介入，我就能以一貫的態度面對事情。

燈子接收到我這般態度，整張臉亮了起來。

「我喜歡沙彌香這種直接的部分。」

「謝謝。」

即使她隨意地說喜歡，但我的內心只像是被風吹送的紙張那樣猛烈拍動著。

「只不過，不是那麼嚴肅的話題就是了……」

燈子苦笑，我聯想到因抵抗強風而彎曲的樹木。

我是否該稍稍放鬆一點呢？
燈子先將握著的拳頭放在腿上，看向我。
「妳之前問過我，加入學生會是不是有什麼事情想做，對吧？」
原來是這個，於是只剩下我預測的第二件事情留在腦海。
燈子說道：
「我想在學生會做的事情，是演出話劇。」
「……話劇？」
我一開始並沒有自信自己是否在正確的意義上理解了聽到的這個詞。
燈子彷彿要將毫無關連的兩者連結起來般強烈肯定。
「對，由學生會成員主導的話劇。我想在文化祭將之上演。」
這願望真令人意外，誠如她說的前提，確實滿奇怪的。
如果想學習話劇，一般都會加入話劇社，不過我們學校有話劇社嗎？
「為什麼要由學生會演出話劇呢？」
所以我想重要的應該是過程。由學生會演出話劇本身，才是重點。

「這在以前似乎是個傳統活動。」

「哦……」

以前是多久以前？而為什麼剛入學的燈子會知道這個呢？

只是稍微知道狀況都會產生疑問，不過現在應該要以聽燈子說完為優先。

「妳想讓學生會演出話劇的活動復活？」

「雖然不到復活這麼大規模的程度……不過既然都加入學生會了，不覺得會想要做一點大事嗎？如果不行動，感覺接下來兩年都會在整理文件之中度過啊。」

燈子瞥了一眼學生會辦公室。確實，加入學生會之後，除了協助選舉活動之外，做的盡是些事務性工作。雖然我想今後要是有活動，我們也會有許多籌備工作要執行，但燈子並不滿足於此，應該是這樣。

「像是社團活動的目標是參加大型比賽這樣？」

「有點接近吧，我覺得有個目標會比較容易找到做事的方針。」

燈子盡可能表現得開朗，側臉看起來像是跟拘泥這種情緒無關。

不過，真的是這樣嗎？

雖然說得一副理所當然，不過我覺得她有些兜圈子。

若是想要目標，會覺得「一開始挑個社團參加不就好了」的想法，難道是膚淺嗎？

「我希望沙彌香能協助我……妳覺得呢？」

她以收斂的笑容與聲音試探我的回應。

我首先的感覺是「話劇啊」。畢竟平常我完全沒有接觸話劇，演員們登上的舞台如此遙遠，感覺與自己毫無關連，不可能觸及。說起來，就我現在聽到由學生會演出話劇的這個部分，還是有些不搭調存在。

在快活地訴說著自身希望的燈子心中，這兩者究竟有怎樣的關連？

燈子雖然將兩方都說得沒什麼大不了的感覺……但我卻不禁猜測，對她來說其實有著重大含意吧。

燈子認為表露心中真正的想法，算是軟弱嗎？

或者，因為我們還沒有這麼親近，所以沒有告訴我？

無論是哪一種，都讓我有點煎熬。

不過，我應該是燈子第一個透露她加入學生會真正目的的對象，這還是讓我挺開心的。

這直接的喜悅，把我變成了單純的生物。

我無法說出不清楚詳情便無法採取行動這種話，甚至可說知道了才會變得無法行動。

會變得膽小。

既然如此，就閉上眼睛忽視許多不明瞭的細節，現在先握住伸出的手吧。

燈子需要協助。

只有這點是確實的。

「既然是燈子想做的事情，那我就會協助妳。」

無論是同樣身為學生會的成員，或者身為妳的朋友。

我隱瞞著第三個理由，約定好會協助燈子。

……沒錯，我也有祕密，所以是彼此彼此。

「謝謝妳。」

「不過我沒接觸過話劇，可能會是個很糟糕的演員喔。」

「我也沒經驗，所以我們一起練習吧。」

燈子整張臉都開朗起來。那是一張顯得有些安心，帶著小孩子色彩的表情。

舉辦文化祭時應該會有許多分配給學生會的工作，原有的活動就已經很忙碌了，還要在這之上加入話劇練習，應該會忙到暈頭轉向吧。我不認為平常甚至不來學生會露個臉的久瀨學長，會認可這麼麻煩的事情。

我以現在的五名成員，想像由學生會演出話劇的景象。

我、燈子、久瀨學長……到底會變成怎樣的話劇啊。

而且還需要幕後工作人員，我實在不認為這樣的人手會夠。

通往燈子夢想的道路，感覺是困難重重。

「我想確認一下，我們學校有沒有話劇社……」

「沒有。」

也就是無法求援。

「既然這樣，要準備台上的道具應該也要花上一番功夫吧。」

同時無法期待老師協助指導演技，我想，話劇社之所以廢除或許也是因為這類原因。即使如此，燈子臉上仍帶著毫不退縮的笑容，等著我。

我想回應她的期望。

所以——

「加油吧。」

我因為將不太受到話劇吸引的內心奉獻給燈子而奮起。

燈子似乎滿足於我的回答，柔和地閉上了眼。

「沙彌香真讓人舒服。」

燈子這應該是在稱讚我。

我覺得好像聽到了飛蟲的振翅聲，閉上了眼，僵著身子反芻她的形容方式。

……舒服……嗎？

會覺得這之中包含「便於利用」的意味，是我基於經驗生出的悲哀彆扭所造成的嗎？

時間來到五月下旬，之間夾著期中考，現在已經是可以考慮換季的時節。

六月校內沒有大活動，學生會這邊的工作也平靜了下來。

「啊，沙彌香妳先走，我有點事。」

那天放學後，我打算跟燈子一起去學生會，她這樣回我。

「哦——」

「妳那是什麼反應啦。」

「妳又要被告白了？」

她的肩膀明顯地抖了一下。

「我一半是開玩笑的耶。」

兩星期前左右才來過一次，馬上又來，簡直雨後春筍。

燈子看起來究竟多麼有魅力？雖然我可以長篇大論，但我不想與他人共享。

「照這樣下去，應該全校所有學生都會跟妳告白吧？」

我帶著一點開玩笑、一點嫉妒這麼說。

燈子垂頭，呈現思考的姿勢。

「要是都用同樣理由拒絕，結果變成八卦就傷腦筋了……」

「這煩惱真是新穎……」

「可是每次拒絕的理由都不一樣也很奇怪。」

言下之意就是她今天也會用同樣的理由拒絕。

我雖然沒說出這樣就好，卻因此安心下來。

……燈子打一開始的前提就是會拒絕，但她喜歡什麼樣的人呢？

即使真的全校都跟她告白了，她也會徹底不為所動嗎？

這就代表——我也是。

「全校學生意思是沙彌香也會跟我告白嗎？」

或許因為想的事情一樣，所以我差點焦慮起來。

「該怎麼辦呢？畢竟已經知道會被拒絕了啊。」

即使是說謊，也覺得內心扭曲偏離了一般吃疼著。

「這很難說喔，若是沙彌香的告白非常有魅力的話。」

燈子的玩笑讓我作夢，我差點要順著她的話編織話語，傳遞給她。

不過實際上我吐露的話語和態度，有如不展翅飛翔的鳥兒，僅僅仰望著天空。

「這個嘛，如果妳沒有碰到理想對象……這樣或許也不錯。」

我祈禱著彷彿踮著腳站立、現在也即將跌倒露餡的謊言，不會洩漏任何資訊給她。

在燈子回應之前突然一道聲音介入，或許可算是救了我一命。

「那我也來告白好了～」

因為臉和聲音突然介入，這次換我嚇了一跳。愛果把臉湊到我旁邊，小綠則在她身後手扠腰，傻眼地眯細了眼。

「我都可以猜到結果了，妳別吧。」

「咦～還不一定吧。」

愛果徵求燈子同意，燈子保持著笑容乾脆地拒絕。

「對不起喔。」

「啊，結束了。」

「所以我就說了啊。」

不知為何小綠顯得洋洋得意，愛果還沒收回她的頭。

接著一轉面向這邊。

「那我也跟沙彌香告白看看好了。」

那是那什麼啦？

「如何如何？」

愛果天真無邪地向我告白。妳這樣不慎選對象，要是對方認真看待該怎麼辦？

或許愛果完全沒想像過這樣的人會存在吧。

「對不起。」

「哇啊。」

愛果很沒力地向後仰。

「我還是頭一遭碰到一天內被甩了兩次的情況耶。」

「這麼隨便的傢伙被甩也是剛好。」

愛果先「嗯哼」一聲，總算收回了她的頭，轉向小綠。

「小綠妳呢？」

「妳問我我問誰。」

小綠似乎不知該如何回覆是好地困惑著，然後才說「總之我們走吧」把愛果拉出教室。

「說要走，但我不是英語會話社啊。」

在沒有回答「所以要去哪裡？」這個問題的狀況下，兩人就這樣消失了。

燈子看著儘管吵鬧但輕巧地退場的兩人表達感想。

「感情真好。」

「真的。」

看來她們真的格外合拍。

「啊，我還有事。」

燈子確認了教室裡的時鐘，急忙拿起書包。

「仔細想想只是有人找我，並不一定是告白啊。」

燈子彷彿抓著最後一絲希望這麼說。

「妳心裡有其他底嗎？」

「沒有。」

她快步地往教室門口過去。

「結束之後我會馬上去學生會，等我喔。」

彷彿把鑰匙交給我那般，傳遞約定過來。

「我會等妳。」

我輕輕揮手，目送她離開。

等待燈子讓我感受到小小的幸福……我已經徹底將自己的心交給燈子了。

我的心與燈子連結，因為燈子的小小反應而雀躍，因為燈子的不重要發言而躁動。

為了等待燈子，前往學生會的腳步也變得輕巧。

然而——

途中的森林深處傳來聲音，那是輕輕撫過耳朵表面的、小小氣息。

明明在只是聽到聲音都很神奇的距離之外，但我卻聽得清楚。

之前也有這種狀況，當時因為是沒有印象的聲音，所以我沒有反應。

不過今天不同。

我來到校舍轉角，聽著更加鮮明的聲音並確定沒聽錯之後，儘管覺得這樣不對仍偷看起來。

視線前方有著面對這個方向的燈子，還看到了男生的背影，我立刻躲起來。

果然是告白場面。

我有點佩服，居然每個人都會選擇這裡。

「你不需要道歉。」

看見男生低著頭，燈子覺得很抱歉地苦笑，看來她已經拒絕了對方，然後男生開始講一些場面話，比方自己果然配不上燈子啦、根本就是不知道自己的斤兩一類的。聽他這麼說，燈子以「不是這樣」制止他。

「不是你不行，也不是你配不上，只不過——」

燈子面帶與道別情境不甚符合的爽朗笑容對男生說：

「我沒有打算喜歡任何人。」

燈子的回覆甚至越過那個男生，傳到了我這邊。

燈子目送直到最後都垂著頭的男生離去後，大大呼了一口氣、垂下肩膀，像是鬆懈了緊張那樣。垂著頭的燈子嘴唇正無聲地動著。

看起來好像嘀咕了「為什麼呢」。

後來燈子重新調整姿勢，將書包背帶掛在肩膀上離去。我看著她離開，彷彿模仿方才的燈子那般呼了口氣脫力，緩緩地閉上雙眼，重播著燈子的聲音。

「任何人、啊……」

我靠著校舍牆壁嘆息，其中帶著伴隨安心造訪，有如矛盾一般的寂寥情緒。

我究竟期望與七海燈子構築怎樣的關係呢？

是會令人覺得不合宜的強固聯繫嗎？

明明沒有其他人聽見，但我仍對打算說出口的內容感到羞恥而臉頰發燙。

光是想像有朝一日能將我的心意傳達給燈子，我都快暈倒了。

……燈子……

「啊。」

我忽然驚覺，我得比燈子更早抵達學生會辦公室才行。

因為我說了會等她。

我奔離校舍，想起體育課長跑時燈子跑在前方的背影。不過，畢竟我現在是跑著過去，還是會比走過去的快吧。我究竟有多久沒在泥土地上拔腿狂奔過了呢？我喘著氣、甩動掛在肩膀上的書包，加緊腳步想先行抵達學生會辦公室。

當我在遠處能看見學生會辦公室時，感覺背後有腳步聲而回頭。

我嚇了一跳，燈子竟然跑著過來，距離愈縮愈短，我想著要更加快腳步時突然回神，既然都被她看到了，我也沒必要跑了啊。

燈子一舉超越減速下來的我，但她並沒有順勢一直線往學生會辦公室去，而是勾了一道大弧線掉頭，呼吸平穩地回到我面前。

「怎、怎麼了？」

「我看到妳在跑，想說發生了什麼事。」

停下腳步的燈子似乎滿懷追上、超越我的喜悅而笑著。

「沒事嗎？」

「沒有喔。」

「沒有的話為什麼要跑？」

果然會這樣懷疑。我因為無好好解釋而沉默，燈子又點了一下頭。

「不過就是會有這種狀況呢。」

燈子接受了現況。我心想這樣好嗎，並因為無法完全消化的說謊感覺而困擾。

「沙彌香也有事嗎？」

應該是問我為何還沒到學生會辦公室吧。我腦中浮現「是啊」、「有點」這類為了矇混過去而生的簡短應答，不過我並沒有習於欺瞞他人到可以毫不猶豫地說謊。

我決定老實招認，因為我有自覺不擅長說謊。

「對不起，我看見剛才燈子被告白的場面了。」

之前燈子有問過我該怎麼處理這種狀況，我說我不會去告訴本人。

雖然現在的行為與當時的答案矛盾，但不成為當事人真的不會知道自己會怎麼做。

果然我的內心會希望自己能夠變得更好。

燈子聽見我的招認，回過頭來，用手指抵著臉頰。

「這樣啊，因為跟芹澤他們是在同個地點……妳躲在暗處？」

她說中了我躲藏的地點，我點頭承認，燈子便轉向前方，噘著嘴有些不滿。

「雖然少有人經過，但完全會被學生會成員看到啊。如果大家知道了這點，會不會就避開在那裡告白呢？」

「當然會吧……」

「話雖如此，這也不是什麼有需要隱瞞沙彌香的事……啊，對方才的男生來說是希望能保密吧。」

燈子將食指比在嘴唇前方，示意我保密。

我也依樣畫葫蘆，但並不是很清楚究竟要針對什麼保密。

「我聽見聲音，所以忍不住。」

「忍不住啊，之前我也是這樣做了，所以沒資格責備妳。」

燈子像是共享惡作劇那樣笑得像個孩子，她有時候會微微表現出這類看起來孩子氣的表情。而每次我的視線都伴隨著許多情緒滑開，太耀眼了，根本無法直視。

「下次被告白的時候，我得注意一下那邊有沒有人呢。」

「是啊……」

我差點被很適合這種擔憂的七海燈子這般存在壓倒。

燈子納悶於自己口中說出的「下次、下次」這般未來。

「還有下次嗎？」

「一定會有。」

我曾經如此斬釘截鐵地斷定過別人的事情嗎？

因為妳可是七海燈子啊。

「如果今年要舉辦，我想若不開始提案準備，應該會來不及。」

燈子隨口聊了些俗事之後，開始切入正題。

「……學生會話劇？」

燈子點頭稱是，順便吃了大大吃了好幾口便當，感覺像是表達意願。

「在文化祭開始之前中間還夾著暑假，只有四個月呢。」

「說得也是……」

要四個月之前就開始著手準備文化祭的表演，感覺實在太大費周章。但我們並不是話劇社，確實需要時間練習吧？

「話劇是指？」

一起吃飯的小綠插嘴提問，今天她和愛果分別準備了椅子坐。

「燈子想要由學生會演出話劇。」

「喔～好像很好玩。」

大概因為事不關己吧，愛果很輕鬆地表現出興味盎然的態度。另一方面，小綠則合理地歪頭狐疑。

「為什麼要由學生會演出話劇？」

「好像有很多理由。」

雖然這是我也曾提出的疑問，但我沒有調查過這中間的來龍去脈，所以無法解說。

「一開始好像是文系社團想要共同演出。」

燈子一副要代替我的感覺開口說明。

「不過我們學校沒有話劇社，所以沒有人能擔綱演員……這時學生會出面表示可以負責演出而加入，似乎就是開端。」

「喔～」

我也是現在才首度得知來龍去脈。燈子是獨自調查到的嗎？還是從別人身上問來的？總之先不追究這個，若需要其他方面的協助，確實如燈子所說，時間會不夠用。

「話劇啊，感覺很好玩呢。」

「妳要加入學生會嗎？」

燈子堆了滿臉笑邀約。

「畢竟燈子和沙彌香也都是學生會呢，唔～煩惱……」

目前隸屬回家社的愛果放下吃了一半的三明治沉吟。

「我跟妳說，沒有要準備話劇演出相關工作時每天都要處理雜務喔。」

小綠如此忠告愛果，愛果馬上就說「這樣不行」並乾脆地放棄了。

「如果是演出時代劇，我就會去看。」

小綠說出與英語會話社不搭調的發言。我聽到時代劇，想像起我和燈子頭戴假髮，在舞台上互相廝殺的樣子，並覺得大致上可以想像得到，是我被殺敗。

「時代劇也可以嗎？」

「不，我沒怎麼想過這個方向……」

我以「說得也是」表示同意，準備服裝也是一大工程。

「我想看新選組。」

「人數非常不夠啊……」

畢竟演員最多只有五個人。

愛果看著遠方呆了一下，然後拋出疑問給我們：

「桃太郎算是時代劇嗎？」

「應該不算。」

我們午休聊了這些話題，時間來到放學後。

「首先問題是學生會長會不會來學生會辦公室。」

「我想他大概不會來，所以打算直接去劍道社問他。」

燈子稍稍加快了腳步說出她的決定，踏出的腳步與行動力沒有遲疑。

筆直地、毫無衰退，但不太有積極的感覺，究竟是為何呢？

「燈子妳啊。」

「什麼？」

我邊換穿鞋子，邊想著還是說吧，於是告訴她我有些猶豫過後的感想。

「意外地挺強勢呢。」

「有嗎——」

燈子或許沒有自覺吧，只見她覺得有些神奇地稍稍歪頭。

一如所料，今天久瀨會長沒有來學生會辦公室。

「今天會長會來嗎？」

「今天也不會來。」

黑髮學姊消遣地回應，她已經完全放棄把會長計算在內了。

「原來如此……那麼我失陪一下。」

放下書包的燈子先行個禮，打算離開才剛踏進的學生會辦公室。

「啊，等等，工作怎麼辦——？」

「對不起，我們等等回來之後再做。」

我同樣放下書包之後跟在燈子後面，留下來的學姊用手撐著臉頰說「妳們是來幹嘛的啊」並目送我們離開。

畢竟我在開學第一天就被燈子邀來參加學生會，所以沒有去參觀過其他社團，因此這也是我第一次前往劍道場。來到在體育館後面一點的建築物附近，便能聽見物體互擊的清脆聲音，還有重重踏在地板上的悶聲。

燈子並沒有畏縮，往入口過去。

一旦決定了目標，就不會在意其他事情……這究竟是集中力使然，或者只是單純沒有餘力呢？我想應該是後者，現在的燈子非常緊繃。

就像不要讓任何人追上那般，拉著直直的線條。

「哎呀？」

我們探頭看向道場裡面，久瀨學長立刻發現我們，發出憨傻的聲音，並退出練習取下面具。他就這樣來到道場入口，引來所有劍道社員的注目。久瀨學長於是說「啊～她們是學生會成員」向劍道社員介紹。

「話說我偶爾會被忘記是學生會長呢。」

久瀨學長邊抱怨，邊擦去額頭上的汗水。

「怎麼了？現在突然對劍道社有興趣嗎？」

「不，因為會長都不來學生會辦公室，所以我們只好來找你。」

要是那些汗水能為了學生會活動而流就好了。

「抱歉抱歉，不過夏季大賽快到了嘛。」

久瀨學長完全不覺得愧疚，摘下頭上的手巾粗魯地擦拭脖子。

並且可能因為長時間綁著手巾的關係，頭髮亂七八糟。

「所以，特地跑來找我有什麼事？」

燈子和我面面相覷，點了個頭，然後由燈子說出提案。

「話劇？什麼跟什麼啊。」

久瀨學長一副懷疑自己聽到什麼般吃驚，應該是第一次聽說學生會演出話劇的事情吧。

燈子繼續說明，久瀨學長的表情愈發嚴肅。

「我們演出？不可能吧。」

久瀨學長沒有深思便直接拒絕，燈子當然不會就這樣接受。

「當然不會只有我們，可以取得文系社團協助，並在這樣的前提下實現。」

「嗯……不，我想還是不可能啦——」

久瀨學長的表情顯得不甚認可，畢竟這提案事出突然，我馬上看出他不太有意願。老實說若提議的不是燈子，我也會反對。

「問題和要做的事情太多了，沒有那個餘力。」

「問題？」

燈子有些嚴厲地問道，我原本懷疑久瀨學長說不出除了自己不想參加以外的理由，但他意外地滔滔不絕。

「首先呢，要準備小道具很辛苦喔。想借用體育館有的是方法，所以這可以不算。還有說要演話劇，首先要決定演什麼吧，所以說，有劇本嗎？」

「啊。」

學長指出了非常基本的問題，我相當吃驚。

「要找出能寫劇本的人本身就不容易了，再加上我們學校沒有話劇社，也沒人能指導。既然這麼多項目都缺乏，也就表示沒有任何經驗，不太可能達成吧。」

久瀨學長話說得有些嚴厲，不給任何空檔。

這是我第一次意識到這個人是上級生、是學生會長。

「我是這樣認為啦。」

久瀨學長可能擔心一直反對會讓氣氛變得尷尬，所以放輕了語尾，並以笑容和緩場面。

「如果妳有詳細的方案，我可以下次聽妳說，雖然我覺得我聽了以後還是會反對。」

大概是不想脫離練習太久吧，久瀨學長在意起身後的狀況，統整了目前所說的內容，接著揮手跟我們道別後快步回去練習了。也可能因為如果現在燈子要開始認真地說服，他擔心自己或許會被攻陷而警戒著吧。

而當事人燈子比起繼續跟久瀨學長交涉，注意力已經轉到其他地方去了。

「劇本啊……」

她很明顯是被他人點破不足之後，陷入思考。

我推著一直沉吟著不動的燈子，離開劍道場。

「如果學生會長反對，就不太好辦了。」

我陪伴著腳步沉重地前往學生會辦公室的燈子，針對現況討論。

「我認為久瀨學長說得沒錯，就算說要演話劇，但準備工作確實很辛苦。」

「是啊……以前的學長姊是怎麼解決劇本問題的呢？」

燈子看起來很沮喪。就算全能如燈子，是否也沒有這方面的才能呢？

「我們學校有文藝社嗎？」

「有喔。」

我記得在社團介紹傳單上好像有看過，燈子稍稍振作了起來。

「去拜託他們寫劇本看看？」

「我覺得這樣很好。不過現在去拜託，很難確定秋天之前寫不寫得出來。」

如果整個暑假都用來寫作或許可以完成，但我們應該很難找到願意幫到這種程度的人……雖說要是燈子熱誠地請託，就算有人不禁心動了也不奇怪就是。

「果然應該等自己當上會長之後再來提案嗎？」

雖然她是基於自信這麼說，但說法聽起來好像不關己事。

「是啊，如果是會長這麼說，反應大概不會一樣。」

雖然很難確定會贊成或反對，但至少會認真面對這項提案，而且也可以借機推動。現在畢竟是會長反對，老實說很難推動什麼。

「不過無法保證我明年一定可以當上會長。」

所以才想今年採取行動，可以的話想加以實現，這才是燈子的真心吧。機會感覺很多，其實很少，只有今年與明年。除了文化祭這個機會之外，學生會也不可能為了演出話劇活動吧。

「燈子沒問題的。」

「妳說得輕鬆耶。」

燈子苦笑，我覺得她可能會以為我只是隨口安慰，所以決定好好說清楚。

「我是真的這樣認為，只要妳能像現在這樣筆直地、不懈怠地成長，一定可以達成自身的目標。妳擁有這樣的能力。」

七海燈子，在教室裡面看著妳，看起來像是沒有什麼做不到。

當然，這只是沒有看見她的真面目。

與她一起行動，就可以知道她也會像這樣碰壁。

不過我期待她可以越過這些高牆，走在我前面。她就是這樣的人。

「我的目標啊……」

這麼嘀咕的燈子微笑裡面究竟包含了些什麼，現在的我不得而知。

希望有朝一日，能夠與她共享這些。

我希望自己能夠理所當然帶給她所期望的事物。

不過因為現在做不到，所以只能用我的話來面對彼此。

「我知道燈子的夢想是什麼了，如果不是在今年實現，妳就無法接受嗎？」

回過神來才發現我倆都停下了腳步，背景的樹木枝葉正緩慢搖蕩。

如果可以等。

「我們再投資一年吧，畢竟我們還有時間。」

雖然不代表可以什麼都不做，但有些事情是可以讓時間解決。

在來到這所高中就讀之前，我下定了許多決心。

都是些消極的決定。

而我只是見到燈子一眼、只是待在她的身邊。

就能如此輕易地拋棄這些決定。

在回應之前，燈子先行確認了一番。

「我可以要走沙彌香的一年嗎？」

「無所謂的。」

如果是陪伴在燈子身邊的一年，我別無所求。

……若可以，希望不只是一年，而是更長、更遠。

燈子露出爽朗的笑容，我也以笑容回應。

我想，我們彼此一定還沒有觸及對方的真心。

「謝謝，我一定會實現由學生會演出話劇的目標。」

「嗯。」

「為此……好，先回學生會辦公室吧。」

燈子的態度與方才大幅轉變，踩著輕快的腳步往前，腳程快到如果我不刻意與她並肩，會根本追不上的程度。

無論好壞，我都受到燈子牽引。

能夠與走在自己前方的人相遇，我變得非常輕鬆。

找到自己應該做的事情之後，就能安心下來。

這麼一來便能明確知道，在沒有特定目標的高中生活裡，我該維持什麼。

燈子希望我當一個可靠的伙伴。

而在我能夠回應她的期間，我便能陪伴在她身邊。

我相信如果是我，一定能做到這點。

我相信自己做得到。

在那之後的燈子，再也沒有纏著會長講學生會演出話劇的事，也不在學生會辦公室提起這個話題，一如往常地做好自己的工作……不，一如往常這種說法有些語病。燈子變得更熱心參與學生會的活動，應該是展望明年的學生會選舉，想在校內多方宣傳自身存在吧。

再加上我們走訪各大文系社團說明狀況，並取得了各社團的協助。我們承認今年時間不夠，以及學生會成員的意願並不高，並說明將目標放在明年一定要達成。

只不過雖說時間還充裕，也不代表解決了所有問題。

雖然明年不至於完全沒有成員加入學生會，但若像今年這樣只有我和燈子兩個人加入，人數只會更加減少。畢竟我們還是希望能確保基本人數，除此之外文藝社的反應出乎我們期待的不樂觀。據說現在文藝社專攻閱讀，完全沒有寫作活動。劇本委託這方面各種觸礁，讓我們找不到方向。

下課時，我們兩個人倚在走廊牆壁上發著呆討論這件事，我們站在窗邊，灑入的陽光照熱了後頸，熙來攘往的聲音從左右兩方傳來，感覺就像處於人流之中。

只要停下腳步，就會發現原本不是那麼快步的人流看起來是那樣繁忙。

「若是可以，希望能演出原創劇本的內容呢。」

這似乎是燈子的希望。確實，若只是演出現有的話劇，就不必從寫劇本這一動著手，但燈子卻注重在完全相反的做法上。這樣看來，或許設想一下沒有人可以委託，無法準備原創劇本的情況比較好。如果在各方面擔心的情況下很恰巧地找到了自然很好，即使原本的備案浪費了也無所謂。

「燈子不試著寫看看劇本嗎？」

「咦？不可能啦。」

燈子立刻否定。

「還沒嘗試就直接否定，真不像妳的作風呢。」

但如果要開始討論怎樣才有燈子的作風，那真的得花上一整天吧。

「哎，其實……我在那之後有試著寫寫看，根本不行啊，完全想不到該怎麼起頭，我覺得能寫出那種東西的都是些特殊的人才。」

燈子原本說得帶點害羞，到後來已經是帶著失意如是斷言。

「特殊人才啊……」

我想，像燈子這樣特殊的人也是非常少見。

「嗯，所以我認為文藝社漸漸沒有可以寫作的人存在也是理所當然……雖然我可以理解，但這該怎麼辦才好呢……」

燈子表現出苦惱的樣子，稍稍瞥了我一眼。

儘管不抱期待，還是想問問看我。

「沙彌香有沒有學過這方面的才藝？」

「我只有學過如何寫出漂亮的字，不是排列組合它們的方法。」

仔細想想，文章是文字的組合，無論平常我所寫出的儉樸文章、教師的板書，或者著名小說家著作中使用的文字，基本上都一樣。作家透過改變排列組合的方式使文章優美，讓比喻能夠展翅，促使人們提高興致。

這麼一想，對我來說果然還是有困難，因為我並不擅長發現新事物。

「不知道有沒有志向是成為小說家的人呢……」

燈子在走廊東張西望，這類人難道擁有從外表就能分辨出來的特徵嗎？

現在這個年代，志願成為小說家的人手上，想必連握筆的繭都不會有。

「妳真的覺得會這麼剛好？」

「只是覺得若真的有就好……」

燈子半是笑著別過目光，不過又馬上轉回這邊。

「妳覺得我們去書店盯哨，詢問會購買相關書籍的人如何？」

燈子突然想到的點子很多都很孩子氣，總會讓我不禁傻眼或者覺得她可愛。

「妳要每天泡在書店裡面嗎？」

「我喜歡看書，所以不會覺得無聊吧。」

「好好處理學生會的工作啊。」

「您所言甚是。」

燈子這提案似乎真的只是說說，她馬上就放棄了，我出言忠告她：

「我想志向是成為小說家的人，都不太會到處宣揚。」

「為什麼？」

對於總是充滿自信的燈子來說，這或許是難以理解的心境吧。

「從旁人的角度來看，總是把目標放得很高而一直往上看的人很奇怪……或許是這樣。」

而且只要被周遭稍稍取笑，夢想很快便會萎縮。

所以我想若是有可以吐露內心想法的對象存在，是一件非常幸福的事。

燈子側眼看著我。

「我也很怪嗎？」

「燈子只是非常努力罷了。」

這並不是我吹捧，而是看起來真的是這樣。我並不覺得燈子的目標很高遠。

她明明直直地往前，卻像是看著別處走著那樣。

偶爾我甚至覺得，這樣是否有點危險。

「沙彌香有沒有什麼夢想？」

「我……」

我支吾起來，我現在的夢想就是與燈子同在……待在燈子身邊。

成為燈子的特別。
原來如此，要說出自己的夢想的確令人害羞，尤其本人就在我面前更是如此。
「我沒怎麼想過呢。」
「真的嗎？」
燈子稍稍向前彎身，窺探著我。
「因為我覺得會疏忽眼前該做的事情，所以我不太會去深思將來的事。」
我扯出一個很像一回事的理由。
「我可以認為沙彌香比較現實嗎？」
「妳這樣問，我也很難回答。」
我稍稍笑了，因為夢想也屬於現實的一部分，所以很難掌握她口中所謂現實的意義究竟為何。
無論做什麼、無論看到什麼，我們眼前都只有現實。
關鍵在於我們要做些什麼。
燈子的目標是成功演出話劇，為什麼？

連本人沒有提及的理由，是我可以知道的事項嗎？

「……………………………………」

那是發生在一開始，我們前往文藝社討論時的事。

文藝社的活動場所在音樂教室附近的空教室裡，裡頭的桌椅可能是他們自行準備，與目前教室內使用的桌椅略有不同。為了避免日光照射而配備了厚窗簾，並因此致使空氣有些渾濁。因為音樂教室備有隔音設施，所以不至於有太多聲音傳過來，但在操場活動的運動社團口號則是非常熱鬧。

社員有六人，手上分別拿著書本，一看就很有文藝社的感覺。

不過——

「對不起，我們社團現在已經沒有人寫作了。」

文藝社社長斬釘截鐵拒絕，燈子內心是怎麼想的呢？

至少表面上還維持友好狀態。

「平常都是做些什麼活動呢？」

「彼此分享讀過的書的感想之類的。」

「這樣啊……」

燈子沒有繼續糾纏，只留下一句「謝謝」之後，俐落地離開社辦。

正當我打算跟著她離去時。

「剛剛那是七海同學嗎？差好多呢。」

我聽見坐在角落位置的文藝社女社員，彷彿遲了一步才發現般嘀咕的聲音，回頭看了一下。

她的說法令我有些在意，即使到了走廊也有種牽扯的感覺留下。

「文藝社行不通啊——」

燈子在走廊上嘆息。

「不過也是，畢竟比起寫作，閱讀比較簡單且愉快呢。」

「是這樣嗎？」

因為我在閱讀這方面也感受不到太多樂趣，所以無法體會燈子的感想。

國中時代的我，會在這種時候會配合她改變自己。

有時候回顧起過往會覺得當時失敗了，但實際上不管哪種做法都是正確吧。

燈子期望哪一種呢？

「該怎麼辦才好呢？我心裡完全沒有其他底啊。」

「這個嘛……」

我以沙啞的聲音回應。比起這個，有件事情讓我更在意，結果還是停下了腳步。

「燈子啊。」

「嗯？」

「我想跟文藝社再多問一些事情，妳先走吧。」

我知道這種說法有些不自然。

從剛才的發展來看，現在無法找出什麼可以多問的事情。

燈子雖然很想說「妳要問什麼」，但總之先不表示。

「嗯，那我先去學生會了。」

「好的，結束之後我會馬上過去。」

我們彼此如同既往那樣和善地道別，明明還有其他想說的。

燈子表現出想問些什麼的態度，但她沒有提及。

這恐怕是因為燈子自己也抱持著不希望他人介入的事情，所以才會有這樣的顧慮之心吧。

能接受彼此身上都有祕密的關係，其實還滿輕鬆方便。

我們沒有縮短距離，只是走在對方身邊。

無論過了多久都不改變。

我回到文藝社社辦。

「欸。」

剛離開的人馬上回來，文藝社的女社員似乎有些驚嚇地往後退。

「啊，呃……對喔，佐伯同學。」

我明明不認識她，但她卻說出了我的姓，我於是低調回應說「我是」。

「呃，找我有事嗎？」

「是的。」

「嗯，總之，請坐。」

女生闔上手中書本，並在旁邊準備了一張椅子。我先道了聲謝之後，毫不客氣地坐下。從其他社員的角度來看，應該會想這些人是來幹嘛的吧，無論是我，還是燈子。

「不好意思，打擾了妳社團活動。」

「嗯，反正現在只是讀讀書而已，沒關係。妳對文藝社有興趣嗎？看起來不像就是。」

提出問題卻自問自答結束話題，這樣我很難應對耶，雖然沒說錯。

我有興趣的不是這個社團，是燈子。

「其實沒什麼大不了的……妳認識燈子嗎？」

剛剛她的反應看起來很像認識以前的燈子，讓我有些在意。

雖是理所當然，但過去有我所不知道的七海燈子存在。

這樣的關心之中，包含了些許嫉妒。

在高中時代能遇見燈子是一種幸運，不過我會貪婪地想若能更早遇見她是否會更好。如果在小學時代就遇見了燈子，我會變成什麼樣的人呢？

隨著與燈子頻繁接觸，無法透露、類似夢想的願望愈發增加。

「七海同學？我小學的時候跟她同班，她真的變了很多，所以我沒有發現。」

「哦……」

小學時期的燈子，我腦中浮現把她現在的尺寸縮小的形象。

無法想像她揹著書包的樣子。

「她是怎樣的小孩？」

我基於興趣詢問，文藝社員嘀咕了「這個嘛」，將書角抵在下唇。

「很不起眼。」

「……真意外。」

從現在的她來看，是很難聯想的印象。

「是個乖巧、不太講話的小孩，在學成績沒有多好，體育課時也笨手笨腳的。啊，基本上我的考試成績都會比她好。」

聽到她接連說出的感想，都會讓我不禁想確認「妳真的在說燈子嗎？」。到底是在什麼時候發生了什麼事，才會讓燈子變成現在這個樣子，感覺好像途中換了個人似的。

「真的要說，現在的她比較像姊姊。」

「燈子的姊姊？」

「嗯，不過我只看過一兩次，所以只是有個印象。」

「哦……」

我沒聽她說過有姊姊，說起來，燈子不太提起家人。

姊姊啊……

如果是像燈子這樣的人，我見到她應該會抱持好感吧。

「啊，不過七海同學的姊姊她……」

女生像是想起來般補充，並在中途停了一拍。我有點在意後續，等著她繼續說。

「過世了。」

「咦……」

我瞬間無法看清女生嘴唇的動作，給我的打擊就是這麼大。

「好像是意外，但班上沒有參加葬禮，所以我也不是記得很清楚。」

「這樣啊……」

燈子之所以不太提及自己的家人，應該是基於這個原因吧。

因為這不是什麼輕鬆的話題，所以女生也沒有馬上開口。她先看準氣氛平靜下來了之後，才努力地以明快的聲音稍稍扯開話題。

「是說，妳為什麼想問有關七海同學的事？」

「咦？」

為什麼……我一下子想不出理由搪塞。

或許我驚訝的程度出乎意料，女生半是笑了起來。

「哎，我覺得妳們感情很好，所以應該問當事人就好了吧……」

女生點出非常基本的狀況，意思是說我不必像調查什麼事情那樣特地跑來問她。不過即使直接問燈子，她應該也不會說，何況是家人過世的相關事情，自然更不在話下。

我的良心問我，旁觀者去追問這種事情真的好嗎？

我想……應該不好。不過我想知道，所以採取了行動。

因為我或許還根本不了解燈子。

「其實妳們不熟？」

「或許吧。」

我帶著自嘲感覺這麼說。

「騙人，感覺妳們總是在一起啊。」

「也不到總是吧……難道有傳聞這麼說？」

「不算傳聞吧，該說是評價嗎？兩個美女走在一起賞心悅目，自然會引人關注這樣。我並不知道其中之一是七海同學，但我知道妳喔，佐伯同學。」

「……為什麼只知道我？」

「呃……」

這回換成女生尷尬地吃了一驚。

「啊。」

接著以書本封面遮住嘴邊。

「就有很多原因……」

女生帶著有什麼理由般的態度嘀咕了些什麼，雖然我沒聽清楚就是。

「……不過，這樣我就不必自我介紹了，也好。」

總之她之所以知道我，似乎是因為傳聞的關係。

雖然我不喜歡被當成傳八卦的對象，不過原來旁人認為我總是跟燈子在一起啊。

實在很難認定這究竟該生氣還是該高興。

畢竟不好打擾人家社團活動太久，總之我沒有繼續追問下去，打算離開。

女生一邊打開書本，一邊輕輕揮手。

「掰掰，之後再見。」

「嗯，謝謝妳。」

聽了出乎意料的內容後來到走廊，我猶豫著該去哪裡好。雖然我跟燈子說會馬上去學生會辦公室，但我沒自信去了之後能在她面前佯裝平靜。總之我一邊走著，在視野半是封閉的狀況下，只有腦中思緒不斷加速。

我知道了原來有我完全無法想像，非常不起眼的燈子存在。燈子只是坐在教室裡便會散發光彩，人們受到她吸引，就像趨光的蝴蝶那樣群聚而來。

我也是其中之一，而且正掙扎著要在這之中成為特別。

所以我想多了解燈子一些，然而——

「話說……」

我邊走下樓梯，邊想起過往的互動。

燈子覺得自己差了一截的對象，該不會是姊姊？

雖然我不知道那個簡直像是七海燈子的姊姊是怎樣的，但想必非常優秀吧。

如果她像現在的燈子這樣。

說不定燈子是有意地模仿那個已經過世的姊姊。

至於說她為什麼這麼做……雖然我有幾種推論，但都無法確定。

結果，如果不問燈子本人，就不會知道答案。

燈子拘泥於由學生會演出話劇的理由，也跟姊姊有關連嗎？

我原本想著總有一天想知道事情的真相，但那個總有一天卻突然到來。

我心中的芥蒂持續增加，就這樣來到學生會辦公室前。既然我都說了會來，也不能默默地折返，雖然燈子不至於因此生氣，但我也會因為毀約而受傷，即使只是小小的約定也是一樣。

我進入學生會辦公室，裡面一如往常有兩位學長姊，沒有看到會長的身影，還有燈子也在。

「啊，沙彌香來了。」

桌上攤開著文件與檔案的燈子整張表情開朗了起來。

燈子的態度一如往常，理所當然完全不受我心中的糾葛影響。

「可以分一些工作給妳做嗎？」

「交給我吧。」

有事情做可以讓我不去胡思亂想。

我放下書包，坐在燈子旁邊，不知燈子是否因工作的負擔將會減輕，而顯得心情很好。

「我每天都覺得，有沙彌香在真好。」

「這還真光榮。」

我記得過去好像也有過這樣的對話。

平常這是會讓我歡欣無比的稱讚，但現在我沒有這樣的餘力。

開始工作之後，我想著她的側臉。

七海燈子沒有什麼缺點，親切溫和，是走在我前方的人。

而如果這些形象都只是她在模仿姊姊，那麼真正的燈子去哪裡了呢？

我雖然想過如果在小學時期與她相遇，但若小學時期的她真的如同那個女生所形容，我還會被她吸引嗎？當時的我更是特別想要保持優秀，所以說不定根本不會理她。

那麼現在呢？

如果燈子的完美是假裝出來的，那麼我至今都是被什麼給吸引了呢？

翻閱檔案的手反射性動著，腦中則靈巧地想著別的事情。

學生會與燈子的姊姊。

我想只要加以調查，自然能找出答案。但能因為我一己的需求而去調查嗎？

要是有人執意探查我的過去，我當然會覺得不愉快，也會拿出相應的態度。

啊，不過如果這麼做的是燈子，我可能會因為她想要更加了解我而高興。雖然我懷疑燈子是否會這樣看待我……感覺思緒偏離了。

總之，隨意探查他人的過去不好，這個最基本的原則不容動搖。

而我要在知道這點之下執意採取行動，還是就這樣佯裝不知呢？

「…………………………」

握著筆的手指上加諸了力量與熱度。

我不需要多煩惱幾天，答案早已顯而易見。

與燈子有關的事情，我不可能漠不關心。

就是這樣。

我想，我也無法抹滅自己的過去。

無論如何隱瞞，都會像融雪那樣顯現而出。

而若有人探查，就更是這樣。

我在教室裡面悄悄觀察燈子，避免被她察覺。燈子一如平常地看著黑板聆聽老師授課，即使看著這樣的她，我也能輕易別開目光，感受不到光彩。

現在只是看著燈子已經無法滿足了。

因為我心中帶著混亂與疑問。

「…………………………………………」

在那之後。

我在學校裡面進行調查，只要詢問當時便開始任教的老師，便不難收集答案，包括燈子與她的姊姊七海澪，以及由學生會演出話劇的意義何在。

小學時代的燈子努力鑽研自我，直到今天的理由。

從結論來說，我和學校的同學平常所看到的燈子只不過是表面形象。

想必她其實沒有發自內心的自信與氣魄。

燈子愉快地欺騙許多人，徹底扮演出完美形象。
過去的我也是其中之一。
不過現在看著燈子，我已經能看出她身後的陰影了。
知道真相的這份事實在我心中已成為過去，不會消失。
我會喜歡過往考試成績不佳的燈子嗎？這般疑問再次降臨。比起燈子，我更不懂自己，如果我在燈子身上所追求的事物，其實並非燈子所擁有呢？
我究竟看著燈子的哪些部分？
就在我煩惱不已時，發生狀況了。
午休結束，我正準備回到自己的位置上。我打算為下堂課做些準備而伸手探向課桌抽屜，指尖碰到並非出自筆記本的紙張觸感。我想說「奇怪，是放了什麼東西進來？」而將之取出，長方形的信紙出現在我手上。
當然，這並非我準備的信紙。
「這是……」
儘管老套，但我心想「不會吧」而僵住，彷彿微小的衝擊「啪」地落在頭上。

我先把這封應該是信件的東西收進抽屜，用手拄著臉，沒有餘力顧慮這樣是否太不成體統。我邊撐著臉，邊閉上眼，心想這還真是第一次的體驗。

我首先想到的是，對方有沒有搞錯送交對象，但我的位置離燈子很遠。一想到「我」，動搖便轉化為平靜的波紋，皮膚受到刺激，並回想起當時跳進游泳池的那一天。現在，我感覺自己好像又想要跳進去，如此一來，她還會在泳池裡面等待著我嗎？

我逃避似的回想起這些，但也不能一直這樣下去。

雖然關於燈子的事情也是這樣，但我似乎是個求知慾旺盛的人。

看起來我在個性上，無法接受不清楚的事情增加。

如果是急事就不好了，我於是在上課時間偷偷取出信，將之開封。我瞬間心想，現在已經是人手一機的時代了，這個人的做法還真老派，但想想對方應該無法用電話聯絡我。而且做法老派並不代表就是錯誤。之所以能夠延續下來，就代表這樣的做法之中一定有其意義與價值。

我從上到下，將藍白色的信紙上的內容讀過一遍。

老實說，這個人寫字不怎麼好看。

「…………………………」

信件的內容大致如我推測，說放學後會在校舍後面等我。從署名來看應該是男生寫的，但我想不起對方的臉孔。我心想是不是班上同學而在上課中低調地環顧了班上，但只看到一個個午後縮著背，昏昏欲睡的男生背影，且上面又沒有署名，根本無法找出當事人。

我邊將讀完的信件收進抽屜，寫著喜歡我的那些信中內容，像是殘影一樣烙印在我眼底。

我並不是第一次接受他人告白。

不過也沒有習於這種事情。

我和之前一樣聽不進上課內容，就這樣到了放學時間。理所當然地，沒能與我共享心中糾葛的燈子，一如往常地來到了我的座位旁邊。

我處於一種因與平常不同原因而無法平靜的狀態。

「沙彌香？」

燈子看我沒準備要收拾，也不打算起身，狐疑地歪頭。

「今天……未定。」

我含糊其詞，同時因為情緒累積影響的關係，用了很奇怪的說法。

「啊，家裡有事嗎？」

「不是這樣，結束之後我會馬上過去。」

說完之後，我發現這裡由跟過去的燈子一樣，要是她察覺了什麼該怎麼辦？感覺手腕的脈搏狂躁著。

「這樣啊，那我先去嘍。」

燈子的反應也跟以往同樣，有種表面的感覺。

沒錯，我們平常看到的七海燈子只是一種表面性的假象……我邊目送她離去邊這麼想，結果怎樣也無法從椅子起身，不過今天真的有事。

我得去拒絕告白。

我沒打算回應來自男生的告白。

不，現在無論對象是誰，我都會去拒絕，這是很令人沉悶的決定。

我為了避免被燈子察覺，所以等了一段時間才走向通往學生會的道路。途中稍稍偏開路徑，心想沒想到我會有機會自己一個人過來，但還是往那個空間過去。裡面已經有一道人影混著枝葉的影子佇立當中。

「啊。」

男生很快發現我，並因為緊張而腳步不穩，左右搖晃了起來。

「午安。」

我不確定這樣問候是否適當，但總之先這麼做了。等待我的男生也笨拙地回了「午安」，我想應該沒在班上見過他，大概。

娃娃臉、削肩，纖細的四肢顯得有些醒目。

「對不起，我來晚了。」

「不，我只有說放學之後，並沒有指定時間……沒有對吧？」

男生的聲音有些沙啞，個子明明比我高，他卻有點彎著腰和膝蓋，像是要仰望我一樣。因為請我來到這邊的信中記述了對我的愛慕，這種事先知道對方心情的狀況真有點害臊，因為我必須直接面對這樣看待我的人。

「關於書信的回覆這邊，請先容我說聲抱歉。」

我認為一開始必須傳達最重要的事項。

男生維持略挺著腰的姿勢僵住，只有嘴唇稍稍動了。

「啊、嗯……呃……好。」

他像是有點不知如何是好般斷斷續續發出了短促的聲音，過了一會兒之後挺直了身子和雙腿，將手扠在腰上，不過身體還是差點要彎下來。

「呃……話講完了呢。」

男生有點困擾地別開目光，耳朵泛紅，顯示了他目前的血流運行狀況。

彼此都散發出跟要掛斷電話時相似的尷尬氣氛。

我覺得我就這樣說「那先再見了」後離開，也實在太無情。

「妳有喜歡的對象？」

男生確認似的詢問。

若是幾天前的我，就會老實地回答是。

「我不確定。」

我誠實地吐露自己現在的心情，我覺得自己好像喜歡上了不存在的燈子，不過又覺得只是這樣也不需要如此煩惱，找不到可以讓心情平靜下來的方法。

「像是有在意的對象，這樣？」

「應該算是吧。」

我不確定是否有需要向從未有所交流的男生透露這麼多。

可能只是想要吐露糾纏內心的煩惱。

「我可以問一件事情嗎？」

我試著提出問題，男生先繃緊了肩膀，才覺得很壓迫地點了點頭。

「你……就是……喜歡現在這樣的我，對吧？」

「呃……是的。」

「謝謝你。」

我先低頭行了一禮。

「不會不會不會不會。」

男生戒慎恐懼地低頭示意好幾次。

「你喜歡我哪裡呢？」

男生「咦」地變了臉，雙手也尷尬地舉著，好像溺水那樣。

「這該不會是……刻意挖苦人的霸凌之類的嗎？」

「你不必勉強回答我也沒關係的。」

男生揮了揮手表達否定。

「既然都這樣了我就說喔，臉。總之首先就是臉……嗯，妳長得很好看。」

聽到男生語重心長似的這麼說，我差點笑出來。

因為跟我一開始喜歡上燈子的理由如出一轍，所以大家都是這樣的嗎？柚木學姊……還有小學時期遇見的那個女孩也是嗎？

既然如此。

「那，如果這個形象只是扮演的呢？」

「……咦？」

「只是比喻，如果說我現在的形象，只是為了掩飾過去而假裝出來的呢？」

如果是這樣，你會怎麼辦？

我向外尋求在我心中無法獲得解決的問題答案。

而且是問一個才剛知道長相和名字的同年級生。

我並沒有太期待他。

但男生先表現出很認真地煩惱的態度，之後。

「無論過去如何，都不構成否定現在的要素……相反的，也不是覺得現在很好就可以把過去當成不存在。這兩者之間看起來像是有關連、又像無關，所以眼前的這些就是一切。我只能說，因為現在的妳漂亮，所以我現在喜歡妳。」

「…………………………………………」

他的答案超乎我想像地誠懇。

接下他的回答，有著沉甸甸的手感，直到完全溶解之前想要一直回顧。

男生似乎再也無法承受，開始做出踏步般的詭異動作。

「不過我被甩了，我就是被甩了。」

看著為了隱瞞害羞而連說了兩次的男生，我瞬間猶豫該對他說什麼才好。

「謝謝你。」

既然他誠懇地回答了，我就應該道謝。

我想這不是針對他喜歡我所做的回應。

「不，我才要謝謝妳，抱歉找妳來這裡。那就，先這樣了。」

說完後，男生快步離開，往樹林方向過去。他打算穿過哪裡回到校內啊？

當他完全穿過狹小陰暗的林木縫隙之後，可能會被大量蚊蟲叮咬吧。

「難道說對不起比較……不。」

我猶豫該對男生說什麼，但重新想想後覺得這樣就好。

喜歡現在……是嗎？

落單之後，我感受到一股風吹著指尖般的空檔。

我緩緩地重合手掌。

兩隻手既不火熱、也不冰冷。

然後，我就這樣假裝沒事地參加學生會活動，之後走在回家路上。

「沙彌香家有三隻貓對吧？」

燈子折彎了三根原本豎直的手指。

我家的貓口竟在我不知道的情況下增加了。

「兩隻喔。」

「對喔，可愛嗎？」

「當然，我從小學就跟牠們在一起了。」

雖然牠們現在已經會親近我了，但要是我去找牠們，有時候還是會逃跑。

這種隨性的感覺很好。

「貓咪真好。」

我不知道今天發生了什麼事，但燈子好像很想玩貓。

我本來想說「既然這樣」，但又無法開口，停了下來。

在無法傳達的情況下來到學校正門，一如往常地道別。

我隨著延伸而出的影子走在回家路上，被事後產生的悔恨敲打著背部。

我在這時候開口說「要不要來我家玩？」的話，與燈子之間的關係是否會稍稍進展呢？

不過這些後悔並沒有延續太久。

當天晚上，我正在和燈子互傳訊息時，玳瑁貓來到我房間。牠或許心情不錯，先繞著椅子轉了幾圈後跑來我的腳邊蹭。我邊摸著牠的背，因腦中突然閃過的念頭而幫牠拍了照，並將照片傳給燈子。

隔了一會兒之後，燈子才有反應。

『我可以去摸貓嗎？』

「咦……」

『來我家嗎？』

『難道還有其他地方可以見到貓？』

也是，我也不可能抱著兩隻貓去外頭跟她碰面。

燈子來我家，在各種意義下產生的抗拒與期待化為一堵高牆，直接從正面攔阻我。

「好啊。」

我的反應很僵，彷彿握了石頭那般。

然後我過了一會兒才想到我們不是講電話，只是開口說的話，她不會知道我怎麼回覆。

我不得不承認我很緊張。

『那麼事不宜遲，就明天吧。』

「也太快。」

果然靠聲音無法傳達。

隔天，我與燈子約在車站前碰面。我平常已經沒機會搭電車，國中畢業之後就沒來過車站了。雖然因為今天是假日應該不至於，但我仍擔心著是不是會碰見那個人。結果是燈子先出現，我的擔憂只是杞人憂天。

我領著燈子，來到家門前，她從正面看著大門，嘴中嘀咕著「喔喔」……這是讚嘆嗎？

對大門、圍牆，還有庭院。

「有這麼稀奇嗎？」

「那是當然。啊，不過庭院就像妳說的那樣，跟學生會辦公室周圍的景色有些相似呢，這樣的景象竟然很平常地出現在家中，真的很厲害。」

燈子一副覺得很稀奇的態度仰望樹梢笑著。

我陪著她參觀家中，剛好跟從家裡出來的祖母擦身而過。祖母瞥了我身邊的燈子一眼。

「朋友嗎？」

「對。」

「我是七海燈子。」

燈子向祖母問好，祖母以細長的眼睛看著她的頭，接著點頭示意。

「請好好陪陪我家孫女。」

祖母以這句話代替問候，穿過了門。

燈子看著她的背影問道：

「那是沙彌香的祖母？」

「對，父親的母親。」

「看起來很幹練。」

「她那樣已經是雙腿和腰比以前不方便的狀態了。」

總是挺直著背的祖母身上，也出現了時間變化造成的影響。

變化沒有好壞之分，只有結果顯現。

進入家中，燈子的「喔喔」仍然沒停，讚嘆著牆壁和走廊。

我帶領她進房間，「喔喔喔」的喔更是增加了。

「貓咪和茶，應該先準備哪一個？」

「貓咪。」

燈子秒答。我說了聲「知道了」之後，把燈子留在房裡，來到走廊上。

房間裡面應該沒有不該被燈子看到的東西……吧……我稍稍擔心了起來。

既然祖父母現在不在家，我繞了幾個地點，找到了玳瑁貓。我想說牠也可以吧，於是抱起了貓，牠可能睡昏了吧，反應有些遲鈍。

我就這樣抱著牠回到房間，看到燈子正在觀察我的書櫃。

發現她正在觀察書櫃，我背後涼了一截。她是否看到書櫃角落收納了並非我嗜好的書本呢？

雖然我不認為她只是看看書櫃就可以察覺什麼，但也很難說。

畢竟對象是燈子，而我不希望燈子知道我和學姊之間的事。

「午安。」

她顯得有些興奮地問候我臂彎中的貓，貓半夢半醒地縮著脖子，乖巧地沒有亂動。我張開手之後，牠馬上跳了下去，躲到房間角落。我看著燈子在房間中央打轉追著貓的模樣，不禁呼了一口氣笑了。

燈子一點點逼近，貓咪就慢慢後退，保持著一定的距離。

貓警戒著不熟悉的燈子，不太願意靠近。

並將重心放在後腿，擺出只要燈子逼過去，就打算立刻逃跑的姿勢。

「想要向你告白的男生前仆後繼，但貓卻想躲著妳呢。」

「我這張臉可能不受貓咪歡迎。」

燈子配合我的玩笑苦笑道。她彎下身體，讓自己的視線與貓同高，表現出友好態度。我俯瞰著燈子正在招手示意貓咪過來，並沉浸在一股類似疲憊的感覺之中思索著。

有很多事情需要思考。

「……………………………………………」

但現在正在跟貓玩鬧的燈子很美。

彷彿夢境與現實處在同一地平線上那般，燈子也是燈子。眼前所見的燈子乃是一切，即使她假裝、本質膽小畏縮，但不論哪一者都是七海燈子。

沒有什麼假冒者存在，我被眼中所見的燈子一切虜獲。

所以，我現在能確定自己的確喜歡燈子。

被貓咪躲著的燈子嘆息般仰頭看我，接著笑了。

「有什麼好笑的？」

「沙彌香難得這樣放鬆。」

燈子的說詞也很放鬆，平穩的氣氛在我倆之間緩緩循環。

有如已經通過的春日陽光復甦一般。

「我有這麼難相處嗎？」

「嗯～妳的表情總是一本正經啊。」

我很想問是怎樣的表情？而燈子似乎猜到我可能會問，於是補充。

「面容端整，並且持續維持著……會下意識努力的表情。」

燈子邊追著不斷逃竄的貓，爽朗地說道。

「我喜歡妳這樣努力不懈的特質。」

輕鬆說出的喜歡有如箭矢貫穿了我，這突如其來的一擊甚至靜靜地，貫穿了我的動搖。

維持外表形象。

這也是燈子在做的事情。

燈子或許在我身上找到與自身類似之處，因而覺得親近。

我原本想說「妳才是」，但把話吞了回去。然後沒有別開目光的我，臉上應該帶著燈子所說的一本正經的表情吧。

沒錯，我努力著，為了實現願望，理所當然地努力著。

我從以前，就是個願意做便能成功的小孩。

現在我想做的事情。

無論以怎樣的形式都好，待在燈子身邊。

彷彿想要滿足喉嚨的乾渴一般，渴望侵蝕著我。

「沒想到竟然會輪到沙彌香呢。」

燈子邊這麼說邊出現。我一開始心想：輪到？然後轉動眼球看了看周遭景象，才意會過來。

前往學生會辦公室途中，稍稍偏向森林的這邊的另一頭，在牆壁與林木包圍下的空間裡，只有我與燈子兩人。我找她來這裡，又是這種情境，似乎讓她誤解了。

我回憶起不久前接受告白時的狀況，更是焦急了。

「不，不對，不是那樣。」

如果她問我那樣到底是哪樣我肯定會很困擾，於是迅速切換話題。

「這裡確實很利於避人耳目，即使不熟悉路的人想過來，也不太會迷路。」

相反的，可能會有人不小心迷路進來吧。

「嗯，我因為都是被找來這裡，沒有自己約人來過，所以沒有發現這些呢。」

燈子感佩地點頭稱是。我因為她奇怪的著眼點而忍不住笑了，原本緊繃的心情稍稍產生了一些空檔。

在即將放暑假的結業式之後，我在教室逮到燈子，跟她一起過來。

當然，並不是為了要告白。

……等等，雖然有點類似告白，但沒有那麼夢幻。

在充滿著解放感的人流帶著熱度與氣勢往正門流去的狀況下，只有我和燈子像是被夏蟬教唆般面對著面，在七月的自然環境之中，當然無法避開蟬鳴。

聲音帶著巨大形體從右邊撲過來，感覺頭髮就像被按住了。

「我想說如果妳真的要告白該怎麼辦才好呢。所以說，有什麼事？」

因為我略帶顧慮地找她過來，所以燈子儘管態度柔和，仍稍稍警戒著。

事情不用講很久。因為不需要，而且我也決定不要花太多時間。

「……………………………」

在放暑假之前，有一件事情想讓燈子知道。

我深呼吸，胸腔因為空氣的熱度而充滿了溫暖。

之前，我得知了關於妳姊姊的事。

正當我打算踏出這一步時。

「話說上星期，我又被告白了。」

燈子似乎在深處的景色之中發現了什麼，於是這麼說。

「……又來？」

「嗯，又來，當然跟之前不同人。」

說到上星期，應該是考完試之後沒多久的事吧。

應該是想說在放暑假前爭取最後機會……跟我一樣。

「妳真的有可能被全校學生告白耶。」

「真到這種程度反而有點不舒服吧。」

燈子似乎並不相信有這麼多好意投向自己一般，輕輕笑了。

「於是，我又用不會喜歡上任何人這個同樣的理由拒絕了。」

「嗯。」

「然後那個男生說，即使現在不喜歡，在相處過，彼此更了解對方之後，說不定就會喜歡上了……我聽他這樣說，首先認為不可能。」

燈子不經意的否定，彷彿變成一把縱向割開我嘴唇的利刃。

「啊，不過一般來說都會這樣認為吧。」

燈子略顯快速地隨口說完，接著稍稍抬起臉。

抬起之後，那張端整的臉龐上仍帶著林木延伸出的陰影。

「如果這樣就是所謂的喜歡上一個人，那麼我——」

不希望任何人喜歡我。

實際上，她並沒有說出口。

但前一句話卻像明確地這樣表態般堅決。

不過燈子似乎在這時候回過神了，轉回柔和的聲音，並且收掉話題。

「啊，抱歉，明明是來聽沙彌香說的。」

燈子一副自己說太多的樣子掩住嘴，用眼神向我道歉。

「抱歉，扯遠了，我會好好聽妳說……妳要說什麼？」
即使燈子催促，我也無法。
「這個嘛……嗯，我想說……」
不知是有意或者偶然，我無法從態度一如往常地等著我開口的燈子身上察覺真相。不過，她突然想到扯開的話題，卻足夠封住我的嘴和決心了。
燈子想否定理解與好意互有關連。
我又能對現在的燈子說什麼呢？
說我理解她了嗎？
「燈子……」
想變成像姊姊那樣嗎？
如果我問了，燈子很可能會回我：不是。
從燈子假扮的完整度來看，她不只是想要變成像姊姊那樣，而可能就是想要變成姊姊。
……不，如果她回答不是，那還好說。

如果因為我隨意介入，使她與我保持距離……

這是比什麼都嚴重的狀況，致使我冷汗直流。

如果想要拉開，可以無窮盡地拉開，也可以面對。

不過所謂知道了跟姊姊有關的事項就代表我完全掌握了燈子拘泥學生會和話劇的理由現在我們可以討論一下透過代替姊姊演出話劇或許能在燈子身上衍生出些什麼的部分。

我怎麼可能這樣說。

不要忘記逝去的人固然重要但也不能因此被束縛如果能多想一些積極正向的層面而若我能陪伴在妳身邊我會很高興也願意支持妳所以我們一起努力吧。

這種話我也說不出口。

我明明有很多話想說，但無法說出口。

……騙人。

我現在只是在裝模作樣。

我明明可以說很多，但我刻意噤口不說。

都是為了自己，為了保護自己。
就像原地踏步那樣，只關注眼前的事。
我看向遠方，讓思緒飛往無窮遠處。
假裝看不清現況。
我於是說：
「燈子，雖然說這個還早……文化祭的時候要不要一起逛？」

夏季過去，秋色漸濃。
事情一旦上軌道了，學生會就沒什麼特別的工作要做。
至少今年學生會沒有展示，也沒有展店，完全不受影響。
至於七海燈子是怎樣看待這個狀況，從表面上不得而知。
今天是進入高中第一年的文化祭。
即使是已經熟悉的校舍內，也因為裝飾和外來客人的關係，給人相當不同的印象。我看著五花十色的手做裝飾，聯想到提前季節來到的耶誕節。展店商家招攬客人的聲音，以及雜亂不整的腳步聲在走廊上來去。

「我們學校有這麼多學生喔？」

「真的，平常都躲在哪裡啊。」

或許因為學長姊也會經過一年級的教室前面，人流真的滿大量。

其中也有男女情侶成對逛街，我不禁瞥了一眼。

「妳好像覺得很稀奇。」

燈子如是指出，我有點害羞，心想自己真的有這麼明顯地東張西望嗎？

「因為我就讀的國中的文化祭更低調一些。」

只有各自在教室做一些不怎麼有趣的展覽企畫，以及在體育館上映有點老的電影。當時我曾窺探了一下體育館，但有種陰暗、灰塵滿布、悶熱的感覺，所以我馬上離開了。老實說，我對文化祭的印象有很大部分是覺得無聊。

與國中相比，高中的文化祭真的有慶典的感覺。

我們和拿著集章活動卡的學生擦肩而過，燈子似乎也有些在意，眼光往那邊轉了過去。她與我對上眼，然後問我：

「要不要試試？」

「嗯……」

與燈子一起逛校內是滿開心的。

我邊猶豫邊走著，燈子突然靠到走廊邊邊。

「啊，是芹澤。」

她從窗戶往外看，指向並列的攤販一角。籃球和章魚燒的圖像，擁擠地畫在設置在操場旁邊的攤販看板上。

「籃球燒……」

我歪頭心想，哪裡是籃球了？放在船形盒上的章魚燒怎麼看都是正常尺寸。

「廣告誇大不實呢。」

在攤販裡當班負責料理的學生為一男一女，兩個都是見過的臉孔。是之前告白的女生，和被告白的男生。

也不知道他們是否打算隱瞞，只見兩人親近地聊著天，臉頰微微泛紅。

「那種的應該就是青春的一頁吧？」

燈子指著他們問我，妳這樣問我也不知怎麼回答啊。

「總之看起來毫無疑問很開心。」

在入學不到一個月告白，現在似乎仍持續著交往關係。這兩人應該不是一時意亂情迷，而是真的受到彼此吸引吧。果然，時間並非一切。

我們遠遠地看著兩人開心的樣子，離開窗邊，接著又稍微走了一段，被熟悉的聲音喊住。

「啊，那邊那兩位，要不要看看啊？」

愛果站在教室前面，身穿制服，擺出扛著看板的架勢。

「妳在做什麼啊？」

「如妳所見的攬客啊。」

「妳不是回家社嗎？」

她站在與班級展店無緣的教室前面。

「幫忙小綠嘍。」

我們在愛果示意之下看了看教室內，穿著圍裙的小綠百無聊賴地呆站著。

「這是英文會話社主辦，可以吃到ＡＢＣ餅乾的咖啡廳。」

「真直接……」

「說穿了除了字母餅乾之外，與一般咖啡廳沒有差別。啊，還有寫說若是外國客人造訪也可以用英語待客，不用擔心。」

愛果指了指看板說這裡有寫，上面大大印著Hello。

從這裡可以看出平時活動的成果。

愛果揮手說自己沒辦法。

總之我們看在朋友的情面上進去看看。

出來接客的小綠笑著說「愛果終於招攬到客人了」。

小綠說安排我們坐到窗邊的特等座位，我們點的咖啡與餅乾很快就上餐，我品味了一下送上來的咖啡香氣，覺得跟學生會辦公室用的咖啡應該一樣。

「欸，妳看這個，看起來是有點像『二』耶。」

在英文字母餅乾之中，明顯混入了中文字餅乾。

「啊，那個是我做的。」

小綠看著我們這一桌的互動，開始解說。

「原本應該是K但碎掉了，剩下的I可能也混在裡面。」

小綠的眼頭跟嘴角抿得細長，口中嘀咕說餅乾真不好做。

「如果還有下一次機會，應該要多多練習做餅乾呢～」

「怎麼會是練習做餅乾……英語會話已經上手了嗎？」

「我們不是那種社團啊。」

小綠「哈哈哈」地快活笑著……不然是哪種社團？

「沙彌香，妳那邊有沒有Y？」

燈子用指尖選著餅乾並問我。

「有。」

「借我一下。」

「是可以……」

我順應燈子的要求遞給她Y字餅乾，她將那個放在其他字母餅乾之間。

「完成了。」

燈子將成果展現給我看，她用餅乾排出了「SAYAKA（沙彌香）」。

「我想說這裡面很多A，應該能拼出來。」

「……啊哈哈。」

她這般孩子氣的玩樂之心，以及從許多選項之中選了我的名字拼出。

兩者都讓我差點無法掩飾笑聲。

「那麼，我也……」

像是要回敬她一般排列起餅乾，在開頭處放置T，燈子應該馬上就能察覺我要做什麼吧。

我立刻找到下一個文字，但是手邊的K裂開了。

「欸，妳那邊有沒有多的K？」

「嗯……沒有。」

「哎呀呀……」

結果，拼出「TOUIO（註：燈子的正確日文為TOUKO）」就是極限了。

「這誰啊？」

「……透一喔。」

「所以說是誰啦？」

燈子翻了一下白眼，表現出誇張反應。然後我們一起輕輕笑了。

雖然很沒意義，但還滿好玩的。

離開咖啡廳後，我又跟燈子一起逛著校內。燈子已經認識很多人，每每擦身而過都會有人問候她或跟她聊天，導致我們走不快。結果變成慢慢地逛起校內，讓我心想要是順便參加集章活動就好了。明年試試看吧。

之後因為走累了，我們決定稍稍休息一下。

「有地方可以坐著休息嗎？」

我不太想再回去感覺上滿悠閒的咖啡廳，雖說是朋友社團展店，但並不代表免費。

「可以坐……啊，我知道一個好地方。」

燈子離開校舍，然後從她行進的方向來看，我察覺她打算往哪裡去了。

「噢，那裡啊。」

現在我已經不會迷路，可以直接抵達，不過我仍默默地順從燈子的背影引領。

燈子帶領我來到學生會辦公室後面的長椅。

這裡總是沒什麼人煙，今天更是人跡罕至，蟲鳴甚至比人聲更活絡。

「正好想喘口氣，這裡剛剛好呢。」

燈子倚靠在椅背上，伸了個懶腰。我們已經很習慣兩個人坐在這裡了，原本隔著的兩個書包距離，現在也已稍稍縮短，只要伸手，似乎便能觸及。

不過，我絕對不會對燈子伸出手。

現在還不是時候。

「明年——」

我打算說些什麼，不過正打算繼續說下去的時候就忘了我想說什麼。

「如果有優秀的學弟妹加入就好了。」

「嗯。」

燈子想像的優秀學弟妹是怎樣的人呢？

以我來說，希望是勤奮的人。
然後，我想了想我原本究竟想在「明年」之後說些什麼。
明年一起努力吧。不對，我們得從現在就開始努力。
明年要更誠實。
誠實什麼？
感覺答案就在眼前，但卻殘留在腦海角落，無法翻轉。
讓我有些難熬。
時間緩慢地流逝，我們被甚至讓人漸漸睏倦的恰到好處氣溫包圍。
在這話不多的空間裡彷彿淺眠般休憩之後，我打開手機確認時間。
「下午管樂社好像要在體育館表演。」
我複誦出離開校舍之前看到的海報內容，時間也差不多了。
「要去看看嗎？」
今年我們沒能上台，所以才更需要。
「嗯。」

燈子起身，她沒有馬上行動，瞇細了眼看向遠方。

「明年還好遙遠喔……」

我假裝沒有聽見燈子這般獨白，邁步而出。

我們彷彿從森林邊緣穿過喧鬧中心，來到體育館。裡面擺設的椅子已經坐了不少人，我跟燈子並肩坐在中間靠後的位子上。

燈光集中打在舞台上，觀眾席變得黯淡。

隨後布幕升起，表演開始。

我並沒有熟悉音樂到能聽出好壞差異，但感覺樂音重疊便會產生魄力。還有，我想起了合唱團的活動。最近回顧過往，也不再覺得那麼痛苦了。

默默地聽著演奏的燈子，像是決心、祈禱著一般。

「明年，我們也要。」

「……嗯。」

站在那舞台上演出，將會看到什麼呢？

我看了看燈子，她直直地凝視著台上。那雙眼眸可能看見了已經過世的姊姊，燈子想將自己重疊在那層輪廓上，像是將鑰匙插進並不符合的鎖孔內，尋找著扭曲的出口，並不迷惘。

我有些要嫉妒起讓燈子如此愛慕的姊姊了。

我實在不認為自己有朝一日會被燈子如此強烈地渴求。

管樂社的演出風格變了，激烈的打擊樂器停止演奏，將主軸移到木管樂器上，燈光也隨之由強光轉為黯淡、柔和的風格。

在這明暗切換之中，我垂眼看向沒有抓住任何東西，無所適從的燈子雙手。

燈子因為一句喜歡，而被姊姊束縛著。

包含周圍的期待在內，她認定必須為了喜歡的對象做些什麼。

儘管想法的強烈程度有所不同，但這和過去的我相同。

「……………………」

人只要心懷意念行動，甚至可以變成另一個人嗎？

我沒有兄姊，所以儘管無法非常確定，但我想姊妹應該有其相似之處。在同樣的環境之中，受到同樣的雙親養育，應該會產生許多共通點。即使如此，比較細微的如偏好的長相、嗜好、性格卻不會一致。

即使從血緣開始，一切的一切都是從相似的點展開，也是一樣。

所以我想人並不可能削整自我，變成另一個人。

國中的那段時期。

因為戀愛而產生變化的我，感覺像是變了一個人。我以溶解般的飛快速度喪失自我，覺得自己彷彿變成了另一種生物。不過那些失敗情緒憤怒悲傷失望煎熬，全都連接到了現在的我。是我，就是我，是我做出選擇、是我期望，才有現在的我。正是因為有了這段體驗，所以我知道燈子的願望不會實現。

人一旦出生，就一輩子只會是自己。

而我們唯一能夠完美地扮演的，只有與生俱來的自己。

無論怎樣模仿他人，都將因無法完善而漸漸失望。

燈子永遠不會滿足於變成姊姊的自己。

所以——

沒錯，所以——

「…………………………………………………………………」

若就這樣……

傳達給燈子，會有所改變嗎？

思緒奔馳，有如描繪線條般接連填滿我的腦海，許多意見與話語形成球體包覆內心，我好想將這股奔流拋給身邊的燈子。想要透露真心，連接燈子的內心深處。想向現在仍孤獨地蜷縮著的燈子內心伸出援手。

不過我將這一切想法全都封閉，抿緊了唇，絕對不將之表現出來。

因為我知道燈子並不想要這樣的變化。

演奏從以木管樂器為主的急徐分明，交棒到下一種音樂類型。我漸漸發起呆來，無法跟上音樂變化。我有種錯覺，照亮舞台的燈光曾幾何時彷彿對準了我的內心動著。

我——

害怕被燈子拒絕後，無法待在她身邊。

我無法自己地喜歡七海燈子，無論是她的堅強抑或軟弱。

即使看穿她一切的軟弱骯髒卑鄙劣等感嫉妒心理陰影真心話表面話厭惡憎恨卑微否定自我偏愛性癖好敵意惡意與除此之外的許多陰沉一面，我仍有自信說我只會更加喜歡她。

而這樣的燈子所想要的，是一位好朋友。

絕對不過度深入彼此真正一面，懂得保持距離與人相處。

這就是現在的我，能接近到燈子的極限了。

我不想捨棄已經走到這接近極限的距離。

我想待在燈子身邊，不想改變現在可以這麼做的自己與燈子。

所以——

沒錯，所以——

我不會與燈子相交。

以平行線的方式，陪著她走到最後。

畫出的線不會終止，只要繼續前進，就能永遠延續。

一起走過的線，也絕對不會再拉開距離。

若能像這樣陪伴在她身邊，終有一天……終有一天感受到燈子改變的時候，再開始行動。

為了讓這終有一天造訪的過程交給時間或他人執行，我只是等待。

卑鄙地持續等待著那個瞬間到來。

以燈子期望如此為藉口。

所以我什麼也不說。吞下正確答案，選擇錯誤做法。

這就是我的選擇。

為了待在燈子身邊而選擇的，將聯繫到將來的，我的答案。

屆時，我絕對不會忘記自己選擇了這條路。

我不可以忘記。

種植在學校內的櫻花，在四月初便會開始凋零。

受到暖風煽動的花瓣時而出現在視野一隅，這般春日香氣，動搖著我的回憶。

過去，我因為連續兩年同班而悄悄欣喜的那一天。

今天是高中生活最後一年的開始。

我們並肩仰頭看著公告出來的分班表。

在其他許多學生的歡呼與嘆息之中，我和燈子像柱子般佇立。

「找到了嗎？」

「嗯。」

我指著三班，稍微慢了一些，燈子才稍稍仰頭說「真的耶」。

燈子的名字出現得比我快得多。

我分到三班，燈子則是一班。

我有種錯覺，我倆之間好似拉出了一條淡淡的線。

我放下手指，燈子轉向我。

臉上稍稍有些困擾地笑著說。

「沒辦法一直在一起呢。」

「是啊。」

我半是自動地回話，臉上浮現的和善笑容，感覺像是某個他人事先準備好的般自然地掛在臉上。感覺事不關己，好像和柚木學姊分手那時一樣。

我心想：啊，這樣不行。

我約束正在逃避的自己，讓意識向前、向前集中。

「燈子。」

我花了一點功夫才呼喚了她，喊出曾幾何時變得理所當然的名字。

燈子靜靜地等待我發言。

周遭的喧囂像是闖進了耳底般偏離，並沒有進入腦中。

「我們只是稍稍分開。」

聽見我脫口而出的小小逞強，燈子先有如吸了口氣般停了一拍，接著微笑。

「說得也是。」

我跟燈子的關係並沒有脆弱到只是稍稍拉開點距離，就會四散殆盡。

我與燈子之間建立起的關係並不會改變。

即使那不是我理想中的形式。

「燈子。」

我再喊了一次她的名字，然後以目光告知她。

那孩子就在燈子背後遠處。

燈子順著我的目光轉身，似乎察覺了我意指為何。燈子的肩膀轉了過去，原本打算轉頭，卻又像是有些芥蒂般表現出在意我的態度。

我笑了，她願意照顧我的情緒就很足夠了。

我認為現在臉上浮現的表情，與春日平穩的氣氛非常相襯。

燈子也從正面接受了我。

「我走了。」

燈子如是說，往那孩子身邊過去。

我本想回應她，但心想不對，收下了話。

慢走，是說給會回來的人聽的話語。

風彷彿撫摸著我的背部，活力十足地穿了過去。

燈子的背影伴隨櫻花花瓣離去。

曾幾何時，我又變成一直看著她的背影了呢？

這兩年在只想著要追上她、想與她並肩而行的情況下度過。

結果，我與燈子不再比鄰，稍稍拉開了一點距離。

沒錯，稍稍。

這一點點的差距，讓我必須目送燈子的背影離去。

迷惘、後悔、失去……即使從內心撈起，仍很難找到積極正面的事物。

我錯了嗎？

只要永遠畫著平行線，就能夠一直待在燈子身邊嗎？

……答案是否定。

因為與小糸學妹相遇，燈子得以站在十字路口。

她變成能夠接納與自己相交的他人。

以平行線陪伴在她身旁的我，從那時就失去了作用。

所以，儘管我理解不是自己促成她的變化，仍祈願著。

希望今後能繼續與燈子並行。

結果，我的願望並未實現。
即使如此，我仍想認為有那麼短短一瞬，與燈子相交了。
即使在那之後，我們走上了不同道路。
灑落的春日陽光與櫻花相輔相成，溫暖地撫觸著我的臉頰。
站在燈子身旁的女學生在陽光照射下顯得模糊，無法立刻看清。

升上高中，我決定這次真的不要再重蹈覆轍了。
既然知道自己為什麼失敗，我認為之後就不會再發生同樣的狀況。
我覺得，我似乎完全明白了，什麼是所謂的喜歡上一個人。

因為與「她」相遇，我才真正明白那是什麼。

有如天空彼方

Bloom Into You:
Regarding Saeki Sayaka

隨著瞇細的眼睜開，原本散漫的意識集中到臉部前方。

將手撐在長椅上，下意識仰望著的藍天與方才相比略有不同，厚重的雲層從遠方飄來，暫時遮住了陽光。彷彿蓋上蓋子般，在即將消逝前灑落的光芒溫暖了我的肩膀。

春天就是這般毫無防備，能夠接納周遭的一切事物，或許就是因為如此才會這麼宜人。

事情發生在我大學的課堂之間，我跟一起上課的同學道別之後，稍稍有了一些獨處的空檔。設置在教室大樓後方的長椅沒有人煙，相對的影子從牆壁延展而出。此處的景象、恰到好處的林木香氣與灑落的陽光，讓我聯想起通往學生會辦公室的道路。

或許正因如此，所以我才茫然地任憑回憶重現。

太陽一時受到雲朵遮蔽，消失在空中，我於是再度仰頭。

從所謂還是高中生的時間，跨越了足以凝視遙遠天際的距離。
當時在身邊的事物已不復存在。
我邊懷念著學生會辦公室的氣氛，邊深呼吸。
剛升上高中的時候，也曾像這樣回憶起國中時代。
接著在成為大學生時，回顧高中時光。
我透過反覆這樣的行為持續向前。
這次，我沒有後悔。
其實是有。
當然還是有。
但至少沒有糟糕到讓我能在不是那麼勉強自己逞強的狀態下說「沒有」。
我很滿足。
雲朵沒有停駐，不斷向前，拋下太陽而去。突然射來的日光，讓我彷彿要閉上眼般垂下視線，於是看見了一雙腳。因為事出突然，我吃了一驚。
我有些猶豫該將目光往腳的上面移，還是下面挪。一般來說都會往上，所以我抬起臉，從對方的衣著打扮和體型得知那是個女生。

不知不覺中，有一位女生倚在教室大樓的牆上。

距離長椅好幾步的那個女生眼角泛著淚光，啜泣著的鼻尖與眼頭都泛著紅。看起來不像是季節導致的花粉症，而是悲傷的淚水。

我心中浮現「天氣明明如此暖和，為何如此悲傷？」的奇怪感想。

不過也覺得春天與淚水不太合襯。

「可惡啊……咦？」

我這麼想著，哭泣的女生才總算發現我的存在。

濕潤的眼眸帶著排隊等待滑落的眼淚捕捉到我，女生於是吃了一驚，覺得很丟臉似的抹了抹眼頭。沒想到會有狀況這麼複雜的人出現在這少有人來的場所……不，就是因為少有人來，所以她才來這裡吧。我察覺了實際狀況。

話雖如此，我仍不知如何反應是好。女生似乎也察覺了這般氣氛，顯得有些尷尬。

「不好意思。」

她向我道歉，其實沒有這麼嚴重。

只是彼此的偶然恰巧有些尷尬地湊在一起罷了。

「我才覺得不好意思。呃——」

我也不好說「後續請慢用」之類的，於是拿起包包，從長椅起身。

「啊。」

我沒有等女生說話，逕自輕輕低頭示意後離開。一方正在哭泣，另一方正在曬太陽，怎麼想都是前者更沒有餘力吧，應該是心有餘力者要禮讓。

雖然還有時間，不過我決定前往下一堂課的教室。

我往位在教學大樓之間，有著較多通往其他樓梯或門口的岔路過去。較多的岔路讓我想起小時候走過的狹小巷弄，在來不及趕上游泳班的時候，我偶爾會抄那些小巷走。

我穿過岔路之後回頭，那個女生是否還在那裡哭泣呢？

我現在仍能清楚地想起，自己最後一次哭泣是什麼時候。

如果在那之後都沒有哭泣過，我想也是挺好的。

我進入位在教學大樓一樓的教室，與朋友傳了訊息，對方發了一個今天要自發性停課的可愛貼圖過來。上了大學之後，大家都擅長用好聽的說法包裝蹺課的事實。

我現在有選到的課都有去上，目前沒有什麼事情需要比上課更優先。朋友們都是找到了些什麼呢？

我就這樣一個人坐下，等待上課時間到時——

「啊。」

不禁輕輕喊出聲音。

因為那個哭泣的女生站在教室入口，或許因為接收到我的目光，對方也看著我整個人僵住。後續到來的學生鑽過佇立當場的女生左右兩側，納悶地看著她。女生或許覺得停在門口恨會礙事，有些無所適從地往左又往右。

她似乎正煩惱著該以何處為目標前進，那樣子有點像是受驚的小狗。我重新好好觀察她的狀況與模樣，一頭鮮豔的秀髮隨著身體擺動，手腳的動作俐落明快，很有活力，小小的身體散發著飽滿的精神。也就是說，我覺得她很像小狗的第一印象應該算是貼切。

看起來是個跟至今的朋友大相逕庭的女孩。

原本猶豫著的女生往我這邊過來，隔著給學生上課用的長桌，向我搭話。

聲音之中已不帶哭嗓。

「我可以坐妳旁邊嗎？」

「請……」

反正我朋友們也沒有預定要坐，女孩在我旁邊的位置坐下。

感覺事情發展有些奇妙。

「剛才……」

女孩垂頭凝視著桌面，支吾其詞。我等著她繼續說下去，感覺好像有些難以啟齒。

「謝謝妳。」

她好像在猶豫是否要再道歉一次，接著側眼窺探我的反應。從旁邊來看，流過淚的痕跡明顯到一看便知。

「別在意。」

老實說，我並沒有做什麼。

「不行，我會在意……」

女孩按著眼頭深深呼了一口氣。確實，要是我被人看到哭花了臉，我同樣會在意，也希望對方可以忘記。人類是一種暴露出軟弱一面後會變得不安的生物。

因為人們認為，軟弱或許會招致周遭的排擠。

我突然在這股思緒中想起燈子。

燈子並沒有對我表明她真正軟弱的一面。

這點至今仍讓我有些寂寞。

女孩猶豫了一下該不該離席，但因為教授已經來了，所以她似乎決定就這樣開始聽課。她將包包放在一旁，準備好筆記用具，然後時而觀察我這邊的狀況。我之所以知道她在觀察我，是因為我也在觀察著她的狀況。

我雖然在意她為何哭泣，但我跟她並沒有親近到可以介入此事。

「……………………」

我想起高中時代的朋友，愛果與小綠。

如果是她們，應該能馬上和女孩共享流淚的原因吧。

有時迅速、有時淺薄、有時深入、有時慎重，人際關係的第一步就是這麼難。

「我沒想到會碰上才剛入學就碰到被逼哭的狀況。」

我聽到女孩自言自語般的抱怨，心裡「哎呀」了一下。

「妳一年級？」

出乎意料的情報讓我在一旁做出反應，女孩也一副「哎呀？」的態度半張著嘴，從眼睛的動作可以看出她正以視線問我「妳呢？」以便確認。

「二年級。」

「原來是學姊。」

她突然不自然地客套起來，我馬上發現她並不習慣這麼做，覺得有些好玩。

「妳別介意，可以照平常那樣說話。」

讓不習慣的人勉強自己，只會顯得更綁手綁腳。

「這樣好嗎？」

「沒關係吧？」

我也沒自信能表現出學姊樣子。

「那我就不客氣了。」

「嗯，不過教授已經開始上課嘍。」

我柔和地告誡她這部分還是要客氣點，這樣的舉止或許很有學姊風範。

女孩好像聲音空轉那樣，儘管張著口，仍什麼也沒說。

我面向前方，在心裡嘀咕，沒想到竟是一年級啊。

我心想，原來又來到了我會有學弟妹出現的時間。

課堂結束後，氣氛變成要想想這下該怎麼辦了。

我和女孩都沒有立刻離開教室。好像有什麼東西留著一般，尷尬的拖拉感覺已經生成。這時即使不是學姊，是否也該由較年長的我採取行動呢？

經歷一陣類似到底該由哪方主動掛斷電話的糾葛後，我站起身。

女孩見我如此，也配合著起身。

「我想說件沒頭沒腦的事。」

「咦？好。」

「在那之後，我在長椅旁邊想著妳，心裡不知所措地覺得『啊啊怎麼辦怎麼辦』的時候，眼淚自然就平復了。」

女孩笑著別開目光，不過沒有一直逃避，又看著我。

「剛剛的謝謝，是針對這件事情道謝。」

「……這樣啊。」

我沒有刻意做些什麼卻被人致謝了，但很神奇地並不會覺得不舒服。

應該是女孩明快的聲音和人品所致吧。

我想說她應該都說完了。

「是說，我們一起吃個午餐如何？」

女孩帶著不上不下的禮貌態度抬眼看著我。我面對她，發現兩者之間的視線高度有一段差距。我平常都是跟朋友一起用餐，但今天沒有什麼安排。

這裡只有這個女孩。

「好啊。」

我稍稍思考一下之後同意，女孩整張臉像是開花般笑開來。

之前的眼淚上哪兒去了呢？她的眼角和嘴角帶著柔和的感覺，充滿春日氣息。

「學姊，請多指教。」

女孩帶著有些開玩笑的語氣說罷，來到我身邊。

「學姊啊……」

這個稱號讓我不禁笑了。

女孩見到我的反應稍稍歪頭。

「沒什麼。」

我只是稍稍想起自己不可能忘記的學妹。

雖然用了想起這種說法，但我不時會跟她碰面。

說不定比起燈子我還更常見到她，畢竟跟她見面比較輕鬆，而這不單純指物理性的距離，心理層面上也是。

燈子是很棒的朋友，一見面就會聊個沒完，很開心。

但我心裡還是有一點芥蒂，而這樣的芥蒂可能會跟著我一輩子。

儘管會像受傷那樣隨著時間慢慢癒合，卻無法完全消除疤痕。

不過包含這些傷痛在內，我果然仍不覺得後悔。

傷痛能讓我想起當時感受到的強烈情緒。

與漸漸褪色相比，這樣絕對好得多。

「啊，對了，請問貴姓大名？」

離開教室大樓之前，女孩這麼問。

我腦中浮現的自己名字，曾幾何時已經全部置換成漢字了。

無論姓氏或是名字，都有人以此稱呼我，我也都喜歡這兩種音調。

是我想好好珍重的名字。

「佐伯沙彌香。」

我想，教室大樓外面一定是一片晴朗。

我環顧周遭，甚至想讓思緒飛向遙遠的藍天。

上了大學，或者在那之後，我可能又會失敗。
即使如此，我仍想更加理解喜歡上一個人的感覺。
希望能夠遇見。

我之所以能打從心底這麼認為，都是因為遇見了她們。

後記

如此這般，小說版第二集出版了。

今年首度……不過因為跟漫畫版同時出版（註：此指日版）所以不確定究竟哪一邊才是這樣，那就想說不如一起好了，這樣很好啊的感覺。順便還成了更新年號後的第一本作品。各位午安，我是入間人間。

我很想認為自己很努力地避免折損原作的形象，但事實上或許不是如此，如果真的讓各位有不同的感覺，在此先說聲抱歉。基本上，我是在各位都有讀過漫畫的前提下撰寫這部小說，所以裡面出現非常多洩漏原作劇情發展的部分，甚至不只洩漏劇情，連將來的發展都寫出來了，所以若可以，還是請各位都先看過漫畫比較好。

不過我想應該沒有人沒看原作就讀這部小說吧……而且這還是第二集耶。

事情就是這樣，謝謝各位購買本書。

入間人間

午安，我是原作仲谷鳰。我很喜歡第一人稱視點的小說。當媒介是漫畫的時候，會因為媒介特性的關係，無論如何總是會以第三人稱視點為主，所以我多少有點嚮往整本作品都能以個人視點描述的小說（雖然我有畫過每個格子都是第一人稱視角的漫畫，但那畢竟是特殊案例）。寫出來的內容全部是沙彌香所見、沙彌香所思，真是一本奢侈的書啊……這是我的想法。謝謝入間老師的第二集。

仲谷 鳰

小學時相遇的那個女孩。
國中時相遇的柚木學姊。
高中時相遇的七海燈子。
以及——

上了大學，或者在那之後，
我可能又會失敗。
即使如此，我仍想更加理解
喜歡上一個人的感覺。

描寫高中畢業的她，
在「那之後」的
另一部女孩故事。

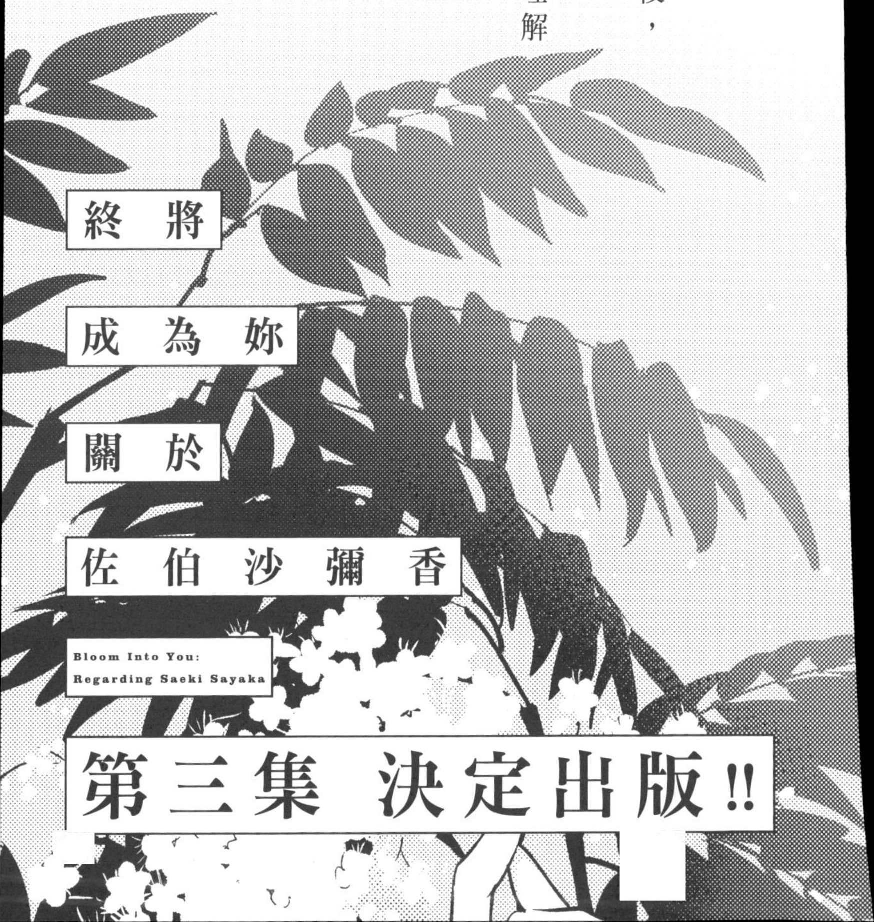
終將
成為妳
關於
佐伯沙彌香
Bloom Into You:
Regarding Saeki Sayaka
第三集 決定出版!!

我的妹妹哪有這麼可愛！ 1~13 待續

Kadokawa **Fantastic** Novels

作者：伏見つかさ　插畫：かんざきひろ

接下來要說的不是「我和妹妹」的故事——
是我和綾瀨的故事。

高中三年級的六月。綾瀨找我商量事情。綾瀨是妹妹的好友，非常討厭我……但是在諮詢的過程當中，我和綾瀨之間的距離急速縮小。和綾瀨去秋葉原約會、一起玩妹系遊戲、一起參加夏Comi——事情為什麼會變成這樣？

各 **NT$180~250/HK$50~70**

情色漫畫老師 1~12 待續

Kadokawa Fantastic Novels

作者：伏見つかさ　插畫：かんざきひろ

這次輪到山田妖精當主角！
她要施展「祕策」來迎向自己期望的未來!?

征宗與紗霧成了男女朋友，在他們兩人面前，妖精宣言要施展各式各樣的「祕策」來獲勝！妖精讓紗霧變得更可愛，提升兄妹兩人身為創作者的實力，還引爆不得了的炸彈，使日常生活驟變。就在某一天，妖精的母親前來探望女兒……

各 **NT$180~250/HK$55~75**

嬌羞俏夢魔的得意表情真可愛 1~2 待續

Kadokawa Fantastic Novels

作者：旭蓑雄　插畫：なたーしゃ

呆傻不中用夢魔的恐男症還沒克服，卻先迎來了大危機……？

阿康信奉二次元至上主義，主張自己對活生生的女性沒興趣，不打算承認自己對夜美有好感。夜美和阿康帶著新刊插畫本以社團名義參加了夏季Comiket，可是來找夜美認親的繪師「白白」和阿康表現出卿卿我我的舉動，讓夜美有些失控？

各 NT$200/HK$67

閃偶大叔與幼女前輩 1~3（完）

Kadokawa Fantastic Novels

作者：岩沢藍　插畫：Mika Pikazo

決定全玩家頂點的全國閃亮偶像大會開幕！
翔吾與千鶴能夠跨越這最大的試煉嗎——？

翔吾與千鶴將打進全國閃亮偶像大會正賽的希望賭在「合作模式」的雙人賽，卻因為自尊阻撓而無法發揮默契……「歡樂園地」的店員會田小姐對這樣的兩人看不下去，指引兩人來到偶像培訓所展開同居生活！在這段生活中，千鶴親口說出了驚人的告白！

各 **NT$200~220/HK$67~73**

乃木坂明日夏的祕密 1~2 待續

Kadokawa Fantastic Novels

作者：五十嵐雄策　插畫：しゃあ

「偽秋葉原系」女主角和「輕度愛好者」男主角
羈絆與戀慕加速升溫的次世代祕密愛情喜劇！

與學園偶像乃木坂明日夏共享祕密以來，展開了波瀾萬丈的每一天。辛苦獲得「白銀星屑」稱號的明日夏開心地擬定暑假計畫，逛街約會、露營集訓、第一次逛「夏季同人誌展售會」，而她憧憬的那位姊姊也會登場，我和明日夏的關係也有變化的預兆——!?

各 NT$220~250/HK$73~83

魔法師塔塔 1~3（完）

作者：うーぱー　插畫：佐藤ショウジ

Kadokawa Fantastic Novels

事件看似落幕，但是被遺留在異世界的
四十五名學生們的求生奮鬥仍未結束！

依照校舍崩塌前學生會策定的計畫，為了與塔塔相見，他們以「將來的夢想」作為武器踏上旅程。但因為某位學生的夢想「人狼遊戲」，使他們互相猜疑。儘管苦難接連不斷，他們仍不放棄——

各 **NT$220~230/HK$73~77**

國家圖書館出版品預行編目資料

終將成為妳：關於佐伯沙彌香 / 入間人間作；何陽譯 . -- 初版 . -- 臺北市：臺灣角川 , 2020.01-
冊；　公分 . -- (Kadokawa fantastic novels)
譯自：やがて君になる 佐伯沙弥香について
ISBN 978-957-743-506-4(第 1 冊：平裝). --
ISBN 978-957-743-968-0(第 2 冊：平裝)

861.57　　108019516

Kadokawa
Fantastic
Novels

終將成為妳 關於佐伯沙彌香 2

（原著名：やがて君になる 佐伯沙弥香について 2）

2020年9月3日 初版第1刷發行
2024年6月17日 初版第7刷發行

作者：入間人間
插畫：仲谷 鳰
日版設計：BALCOLONY.
譯者：何陽
發行人：台灣角川股份有限公司
總監：呂慧君
總編輯：蔡佩芬
主編：林秀儒
編輯：邱瑑萱
設計指導：陳晞叡
美術設計：李思穎
印務：李明修（主任）、張加恩（主任）、張凱棋、潘尚琪

發行所：台灣角川股份有限公司
地址：104台北市中山區松江路223號3樓
電話：（02）2515-3000
傳真：（02）2515-0033
網址：www.kadokawa.com.tw
劃撥帳戶：台灣角川股份有限公司
劃撥帳號：19487412
法律顧問：有澤法律事務所
製版：巨茂科技印刷有限公司
ISBN：978-957-743-968-0

YAGATE KIMI NI NARU SAEKI SAYAKA NITSUITE Vol.2

Edited by 電擊文庫
First published in Japan in 2019 by KADOKAWA CORPORATION, Tokyo.
Complex Chinese translation rights arranged with KADOKAWA CORPORATION, Tokyo.